アカシア

佐藤 亮一
SATO Ryoichi

文芸社

人は未だ世の深淵をみること叶わず。

果てしのない空を見上げ、自分達がどこから来て、どこへ向かっているのか求める。

自分達を作った存在がいるのなら、教えてほしい。

だが知れば、それはあなたにとって、幸福なことか、それとも不幸なことか。

目次

序章

失った力を取り戻した〝それ〟は、何かを思い出したかのように突き進んだ。

やがて辿り着いた果ての世界。

自分より果てしなく小さくなっていった世界で、自分より大きな人の形をしたモノの存在に気づいた。

「私の中から飛び出でたおまえは何者ぞ」

そのモノは問うたが、朱い角を持ったそれは、

「もう自分は何者なのか、何故ここにいるのかさえ分からなくなってしまった。ここはどこで、あなたは何者か」

聞き返すと、「そなたがいた世界での呼び名で言えば、大日如来。私はそなたがいた世界、宇宙そのものである」と答えた。

大江山の須佐之男

ここは大和という国。

平安時代によく似た世界だが、人とは違う人を超越した神と呼ばれる者達が存在していた。神と言っても、我々が思い描くような存在ではない。その時の気分で人に力を貸すモノや、人を襲い困らせたり、時には命さえも奪うモノもいた。

その本質は自然そのものに近く、人々の価値観や考え方とは、全く異なるものだった。


だが、都に住む人々が平和に暮らせるのは、近くの山に住む鬼と呼ばれる神、鬼神達が、人を守護するという生き方を選択したからだ。

この世界には、額に角のある鬼の他にも、背中に翼があり、大空を飛び回る天狗や、額に皿があり、半身が魚のような河童と呼ばれるものもいた。それらは神というより妖《あやかし》に近いモノもいるが、人からすれば自然界のそれそのものであり、強大で特殊な能力を持っている。

そしてそれらは時として絶大な力をもって襲いくる。

人を護る鬼を束ねていたのは、須佐之男である。天照や、月読と並び、三貴（鬼）神と呼ばれる非常に強大な鬼神だ。

須佐之男達鬼神は、都の北に位置する大江山に住んでいる。

その山の四方には、六道門という巨大な門が建っており、その門にはそれぞれ、多聞天、持国天、広目天、増長天の四天王と呼ばれる鬼神が守護していた。額には三本の角が生えている。四天王の容姿は似通っているが、角の長さがまちまちで、その長さで見分けられている。

この世界の鬼や、鬼神は力の強さがほぼ角の本数に反比例して強くなる傾向があった。

だが、鬼神達の頭領である須佐之男は、例外のようで、額には四本そして二本の角を剣として帯刀するという、六本の角持ちで、現在のところ最強と思われる。

四天王は門の前に無言で立ち塞がり、門を通さぬようにしているが、門の脇を通り抜ける人などには目もくれないため、まるで動かぬ仏像のようだ。

「鬼神様、おとうが病気で、寝たきりになってるの。だから山に生えてる薬草を取りに行ってくるね」

そう言って、ぺこりと頭を下げて門の脇を通り山へと向かう童女に、南方朱雀門の門番である増長天は、微笑みをもって応えたつもりだったが、元々の顔が怖いため、物凄い形相で睨まれたように見えたに違いない。だが幸い童女は、視線を山の入り口に向けていたため、その形相を見て勘違いせずに済んだ。

山へ入る童女を見つけ、後ろからそっとついてく鬼がいた。彼女と呼ぶべきか、女の姿をしたその鬼は、茨木童子であった。

「これ、幼き人の子よ。何をしに山へ入るのだ?」

童女が驚かぬよう、可能な限り優しく問いかけた。童女が理由《わけ》を話すと茨木童子は、薬草の生えている場所を教えると、気を付けるように言い残し、去るふりをして、少し離れた場所から見守っていることにした。

薬草の採取とはいえ、童女にはけして簡単ではない岩肌を登らなくてはならなかった。

案の定、童女は足を滑らせ、崖から落ちてしまった。それ見た茨木童子は、瞬時に助けに駆け寄ろうとした。当然間に合うはずであったが、空からとてつもなく妙な気配が茨木童子の背中を刺し、一瞬その足が遅れた。そのため童女は地面に叩きつけられ、打ち所が悪かったらしく、息絶えていた。

この大江山は霊山といった特殊な地であり、死んでも魂が消え去ることがない場所だった。肉体は死んでしまっても、この山にいる限りは生きているものと何ら変わらない。

童女は、薬草をおとうに持って帰らなくては。皆のもとに帰りたいと、山を下りようとするが、茨木童子は童女を引き留め、止まった肉体と共に魂を、頭である須佐之男のもとへと運んだ。


須佐之男はここ数か月、自らの屋敷から出たことがなかった。正確には、出ることができなかった。ある時の怪我がもとで動くことができなくなったのだ。須佐之男は、屋敷の奥で座った状態だった。

茨木童子が童女を連れてくると、下がるようにと思念を送った。頷き踵を返す瞬間、チラリと見えた須佐之男は、まるで服を着た骸のようだった。

「童よ、名は？」

「くしな」

声ではない思念に童女は答えた。

「では、くしなよ。この山で死んだ人間を、山の外に出すわけにはいかぬのだ」

「どうして？　あたしはおとうと、おかあのとこに帰りたい」

「おまえは、先ほど死んだのだ。ここで死んだ人の魂は、ここにいる限り生きていた時と変わらずおられるが、山の門より外に出た途端悪霊となり、都に厄災なすモノに変わり果ててしまう」

「でも、おとうに薬草を持って帰らなくちゃ、病気が治らないの」

くしなはどうしても帰りたいと、泣き出すが、それはどうしても許してやれないことだ。外に出れば、災いなす存在となり、それから人を護る使命を持った鬼神は、必ずくしなを退治することとなる。そんなことはしたくはないのだ。

夜となり、月明かりに照らされたくしなに、須佐之男はまた話し始めた。

「くしな、そんなに山から出たいか？」

くしなは頷く。

「私と取引をすれば、山から出られるようになるが、どうする？」

幼きくしなは、それがなんのことかは理解できなかったが、山から出られるなら、おとうに薬草を持って帰れると思った。

須佐之男がこのような身体になってしまったのは、三月ほど前のことだった。

八岐大蛇討伐

都には帝がおり、すべての政《まつりごと》を仕切っていた。常に的確な執政により、人々を導いていた。帝は、何故かいつも少し先のことを読んだかのように、都を守り大きくするための指示を出していた。

だがその帝は病弱で、急死したため、殆どのことが引き継がれず、次の帝へと後が継がれた。

新しい帝は、政治的才能もなく、なに不自由のない生活で育ったためか、その性格にも難があるようだ。

そこに、八岐大蛇が現れ、近隣の村を襲いながら都に向けて進んでくるとの報告があった。

その際に帝は、軍の筆頭である頼光に、適当に兵を送り出す指示を出しただけだった。当の本人はというと、官女を寝室に連れ込む始末。そしてそれ以外のことに殆ど興味を示すことはなかった。

兵が返り討ちに遭い、全滅の報が入ると、どうすればよいかと、おろおろする始末。

そこへ、頼光が何やら報告へとやってきた。頼光は、筆頭武官でありながら政務官としても先代の帝に仕えていた。

「陛下、少し見ていただきたいものがございます」

そう言うと、先帝の使用していた神託の間へと帝を連れてきた。そこは、鏡を祀った神殿が中央にあるはずだったが、いつもとは違う場所にずらされていた。

頼光は本来神殿のあった場所を指さすと、

「地下に通じる階段が見つかりまして……」

と、何か続きがあるような言い振りで、言いよどんでしまった。

二人はその階段を下りて行った。

さほど深くない地下にあったものは、木の枠で作られた牢で、天井付近にはわずかに空を見ることのできる、小さな小窓が空いているだけだった。

その牢の扉はすでに開いており、先に頼光が中を確認したと思われた。

「ささ、中へ」

頼光が先に入り口を潜ると、帝を呼び寄せた。

そこには若く、美しい女性が横たわっていた。美しい。いや、その言葉だけでは表現しきれない美しさだった。

帝も見惚れるばかりだったが、ふと我に帰ると、

「このような美女を、こんなところに置いておくわけにはいかぬ。早よ、私の寝所へ連れて行くぞ」

と、彼女の首筋に触れたところ、帝は、「ひっ！」と驚いた。彼女は、まるで死んでいるかのように冷たい身体をしていたのだ。

「死んでいるのか」

問いか独り言か分からないような言葉に、頼光は、

「いいえ、息をしております。ですが、先帝がお亡くなりになってから、これを見つけるまで半年ほどあったのに、食事もとらずに何故まだ生きているのか、不思議であります」

二人の会話に気が付いたのか、彼女はか細い声で、

「供物を供えよ」

そう言うと、気を失ったかのように、動かなくなってしまった。

頼光が、侍女に食事の用意をさせ、枕元に置き、彼女に食事を持ってきたと声をかけた。

すると、膳の上にあった米や魚がみるみるうちに干からびてしまった。

それと同時に、殆ど動くことすらままならなかったその女性が起き上がった。

「あなた達は誰でしょう？　帝はどうなされたか？」

「み、み、帝ならば、よ、余がそうである」

美しいが、冷たい死人のようなその女性に、すっかり怯えてしまい、震えた声で答えた。

すると、

「あぁ、代替りしたのか。そういえば、今回は早いのだったな。それに急だったのか、私のことは引き継がれなかったのか。私は、月読。三貴神の一柱よ」

そう言うと、自分が先帝の、いや、そのずっと前の帝の時から、その地位と人々を守るための施策を帝に告げてきたのだと話した。

そして今は、八岐大蛇が迫ってしていることも知っていて、「それは須佐之男に頼みなさい」と帝に伝えた。


月読は、天照の妹であり、須佐之男の姉に当る。その兄妹関係に、人間のような血の繋がりはないが、存在が始まった時から、お互いがそう認識していたのだ。彼女ももちろん神々の一柱であり、その身は不老不死である。だが、その神々でさえ供物などとして供えられた食物などから、その生気を吸収しなければ、活動することができなくなるようだ。

先帝が、月読の存在を次の代へと伝えないまま亡くなったため、誰にも気づかれないまま、眠りについていたのだった。

月読が何故このようなところにいるのか――それは百年ほど前、この後に帝になる人間に、その正体と先読みという特殊な能力を知られ、捕まってしまったのだ。

月読の身体能力は、普通の人間と変わらない。そのため、抵抗すらできず幽閉されてしまい、以来、帝への助言をしてきたのだった。

月読は、天照や須佐之男のように強大な力を持っているわけではなかったが、月に映し出される「アカシアの書」を読み取ることができた。アカシアの書には、この世で起こるすべての事象が記されており、月読が読み取ったそれを人々に伝え、暮らしを豊かにしてきた。

それを一部の人間が、我がモノとしたのだった。

アカシアの書から一度に読み取れることはわずかであったが、都を平和に治めるには十分であった。

その能力を使い成り上がった者が、帝として政を行ってきた。

以来、月読は地下の冷たい部屋で、地上付近に開いた小さな格子のついた窓から、月を見上げるのだった。

月読が人間に囚われの身となったのでは、と疑い始めた天照は、「神を捕らえ利用する人間など許せぬ！　人を滅ぼしてしまえ」と言い、人を護ろうとする須佐之男と争いになっていた。

天照と須佐之男が対峙するたびにその影響を受け、天の表情は激しく変わる。天照が優勢に立てば日照りとなり、作物は枯れ、人々は飲み水にも困ってしまう。逆に、須佐之男が押し返せば、長雨が続き川は氾濫して、家や田畑を流してしまうのだった。

「何故、人を超越する我らが、大人しく人などの言いなりになる必要があるのだ！」

須佐之男と顔を合わせた天照がまた口論となり、山をもなくなるほどの兄弟喧嘩になっていた。

須佐之男も、どんな理由で人を護るのか、ハッキリとしたことを思いつかなかったが、未来の記憶がそうさせているように感じた。

「何故に我らより弱い者を虐げる。我々の力は、身勝手に奮っていいものなのか」

「我ら神々の正義と人の正義は違うのだ。おまえこそ、何故人に加担する！」

壮絶な炎を操り、襲いかかろうと天照が踏み出せば、須佐之男が大河の激流をそのまま持ってきたがごとくの水を操り、天照の行く手を阻んだ。彼らは時としてその能力から、炎神、水神とも呼ばれた。他の鬼神も、酒呑童子は風を操り、茨木童子は雷を呼ぶことができたが、須佐之男達の力と比べれば足元にも及ばず、風神雷神と呼ばれることを嫌い、そうさせなかった。いずれその呼び名に相応しいものが現れるのを、どこかで感じ取っていたのかもしれない。

須佐之男達の戦いは決着をつける時を迎えていた。

須佐之男は天照の首を片手で掴み、大きな岩に向かい投げつけた。背中を強打し、岩を伝い落ちて行く天照。岩の根元にあった、洞窟の入り口に転がり込むように入り込んだ。

「須佐之男め……」

その後に何か言おうとしたが、背中の激痛で言葉が詰まる。

須佐之男は、洞窟の入り口を岩で塞いだ。天照も、その程度の岩すぐに退けることできると、今は押し返さなかった。

もちろん須佐之男も、これで天照を封じ込めたとは思ってもいなかった。

「タヂカラ」

そう呼ぶと、鬼神が一体現れた。その鬼神、手力男は自らの使命を理解しているのか、須佐之男に言われるもなく、入り口を塞いだ岩に手を当て、内側から押し返されぬよう、岩を押さえ込んだ。

手力男は力の鬼神で、流石にこれには天照も押し返すこともできなくなった。須佐之男との戦いで体力を消耗した天照だったが、炎で岩を溶かし始めた。

が、しかし急に周囲の雰囲気が変わった。それは今までいた世界とは違う、どこか別の場所へと変わったようだった。須佐之男は手力男によって塞いだ岩の上から、更に呼び出した天鈿女《あめのうずめ》に、神封じの舞によって封印式を展開した。

天照は、そのまま地下へと封印されてしまったのだった。


その争い事が終焉を迎えたころ、帝は月読を見つけ、八岐大蛇討伐に須佐之男を向かわせるように伝えたのだ。そして、「討伐成功の際には、尾の中から力の証となる剣が出て、帝に献上されることでしょう」と月読が付け加えた。

帝は、須佐之男に八岐大蛇討伐を命じるために、頼光の部下で、四天王の一人と言われる貞光を大江山にある鬼神の屋敷へと向かわせた。

配下の兵を五人引き連れ、更に生け贄と称して村の女子《おなご》を三人、後ろ手に縄をかけ歩かせていた。帝が「鬼の生け贄と言ったら、女であろう」と、どこからの入れ知恵か分からないが、そう決め込んで、村から連れて行くように指示をした。帝の命令とあれば、非人道的なことも疑わず守るのが忠臣である。泣きながら、連れて行かないでくれと言う親から引き離し連れてきたのだ。

貞光達一行が、大江山の六道門を通り過ぎると、何やら背中がゾクゾクとする気がした。四方の門の内側は、この世とは思えないほどに霊的視線を感じる。隣の世界と紙一重で入り交じっているのだ。

貞光は、「おぉ怖い怖い、こんなところ一刻も早く出て行きたいわ」と不気味さを感じ、本音を漏らしていた。

その不気味さとは裏腹に、一行は何事もなくこの山の中腹に建つ、鬼神の屋敷に辿り着いた。

屋敷に着くと、

「須佐之男という鬼はおるか！」

大きな声で貞光が言ったが、周りの兵士は、鬼の屋敷ということで、襲われるのではないかと、ハラハラしていた。

すると、屋敷の戸が開いた。顔を覗かせたのは女だったが、人とは明らかに違った。額に角を持つ、彼女も鬼神だった。

「おまえが須佐之男か？」

貞光が問うと、

「いえ、私は般若と申します。お館様はこちらです」

と、その鬼神は一歩引いた。

暗い屋敷の奥から現れたのは、貞光や兵達とは二倍ほど背のある鬼神、須佐之男だった。

この体格の差には貞光も怯んだが、少しばかり震えた声で、

「須佐之男よ！　帝より、八岐大蛇を討伐せよとの知らせに参った。これは勅命である。直ぐに出立せよ」

と告げると、村から連れてきた女達を前に差し出し、

「帝よりの贄だ。受け取るがよい」

そう言うと、須佐之男は、その女達を見るなり、表情が少しばかり変わった。それに次いで後ろに控えていた、女の鬼神の顔が、とてつもなく恐ろしい顔に変わった。

村の女達はそれを見るなり、喰われるのだと思い、腰を抜かしたり、気絶した。兵達も、自分は殺されるのではないかと逃げ出す始末。

その様子に気づいて奥から、「あぁ、般若ぁ、そんな恐い顔してどうしたよ？　須佐之男も殺気立ってるなぁ」と、頭をガシガシと掻き、あくびをして出てきた鬼が出てきた。

そして、人間の女達を見ると、

「こんなのみやげに出されたら、そりゃ怒るわな。次から、持ってくるなら、酒にしてくれ」

そう言ったのは、酒呑童子だった。

貞光は、蛇に睨まれた蛙のように動けなくなっていたが、酒呑童子に肩を、ぽんと叩かれると、一目散に逃げ帰った。去り際に、「大蛇の尾から出た剣を、献上するように」と、言いたいことだけは言い残して行った。

須佐之男は、屋敷の中へと戻った。

般若に、女子を村に返すように指示したが、あの恐ろしい顔を見た女子達は般若を見るなり、また気絶してしまうので、代わりに酒呑童子が村に連れ戻すこととなった。酒呑童子は、女子達を一人は肩に担ぎ、二人は逆の手で脇に抱えると、風に乗ってすーっと滑るように山を下りて行った。

途中、貞光達が引き上げて行くのが見えたが、よほど恐怖したのか、髪は真っ白になり、疲れ切った表情で、まるで老人のように変わってしまったかのようだった。

無事に女子達を村へ返した酒呑童子は、初めは警戒されたものの、その家族から大変感謝され、少しではあるが酒を振る舞われ、上機嫌で大江山に戻った。

須佐之男は、大蛇討伐に出立しようとしていた。

そこに戻った、酒呑童子が「俺が行ってこようか？」と聞いたが、須佐之男は「私に下された命令だ」と、あくまで己が行くということだった。

先代までの帝は、命令などしなかった。それどころか、人々のために身を盾にしてくれる鬼神達に感謝していた。今度の帝は高圧的な態度で命令してきた。それでも、須佐之男は帝に従い、八岐大蛇討伐へと出立した。


須佐之男は、身の丈八尺を超える鬼神だが、八岐大蛇は遥かに大きく、その口で一飲みされてもあまるほどだった。八つの頭を持つその巨体な蛇の化け物は、須佐之男など気にもせず暴れながら都へと向かっていた。

この様子では、数日中には都に到達すると思われた。

「ここで仕留めるか」

そう呟くと、自分の背丈ほどある剣を振り上げ、首の一つを落とそうと、大蛇の頭にひょいひょいと飛び移って行った。どれを目標にするかとよく見ると、頭の一つは何か悪いものでも呑み込んだのか、少し弱っているようだった。その弱って動きが遅い頭に飛び乗ると、須佐之男の動きを追って、口の一つが牙を剥いて襲いかかってきた。

須佐之男は持っていた剣を振り上げ、上段に構え八岐大蛇の鼻先を切りつけた。だが、剣の刃は強靱な鱗に阻まれ、弾かれてしまった。

須佐之男の振りかざした剣は、並の鬼神でも持ち上げることすら困難なほどに重かった。それを簡単に振り回すほどの力を持った須佐之男だったが、その剣戟でも弾いてしまう、大蛇の鱗は異常とも言える硬さだ。

それでも須佐之男は諦めずに打撃を与え続けた。一つの頭に打撃を加えると、その隙に後ろから、別の頭が襲いかかる。時には、次から次へと波状攻撃が須佐之男へと襲ってくる。

「よくも首が絡まないものだ」

そう言って、感心する余裕と体力を持つ須佐之男だが、決定打に欠けたのはどうしたものかと困っていた。

太陽が真上にいた頃から戦い始め、辺りは既に、薄暗くなろうとした頃、動きの鈍かった頭の大蛇が苦しそうに首を持ち上げると、いきなりその首が切れて落ちてしまった。そしてその切り口から、太刀が落ちてきた。動きが鈍かったのは、これを呑み込み喉に引っ掛かって苦しんでたようだ。戦闘で動いている内に、鞘から抜け出た太刀の刃が内側から首を切り落としたらしい。

　地面に落ちた太刀は、地面があるのを知らないかのように、サクッと突き刺さり、鍔で止まっていた。

　須佐之男は、その太刀を地面から抜き上げると、襲いかかってきた大蛇に、一閃切りつけた。須佐之男は、切った感触がなく、避けられたかと思ったが、大蛇の顎は真っ二つに切れていた。斬られた大蛇も、まさか顎がなくなっているとは思わず、その口で食らいついてきたが、何故か噛みつくことのできない理由を理解するのに時間がかかっていた。

　なんという切れ味というのか、この世に切れぬものはないと言わんばかりの刃。

　それからは次々に大蛇の首を切り落とし、とうとう八つの首すべてが切り落とされた。

　須佐之男は、その太刀の鞘をとるために大蛇の胃袋を割いた。すると、鞘の他に何やら動くものがあった。

　急に泣き出したそれは、人の赤子だった。須佐之男はそっと抱き上げ、「よく無事で」と、頭を撫でようとした、その瞬間、「痛ぅ」と痛みが走った。

　その赤子の額には、完全に透明で見ることのできない何かがあった。その先端に、スサノオの血が付いていた。

　今度は、刺さらないようにゆっくりと、側面から触れてその形状を確かめた。

「この子は、鬼の子か」

須佐之男が驚く。

全く見えないが、確かに赤子の額には二本の角があった。

ここまで透明で見ることもできないものに、初めて触れたが、それよりも見えないことに不便を思い、自らの血でその角を染め上げた。

「おまえはどこから来たのだ？」

答えることはないとは思いながらも、問いかけてみたくなった。

本来、鬼神やその他の神と言われる存在は、親から産まれるものではなく、急にその存在が始まる。その時の姿のまま成長もしないので、この子はどんな存在なのか、不思議で仕方なかったが、とにかく連れて帰ることにした。

都に戻った須佐之男は、帝に八岐大蛇討伐の報告をした。帝は、須佐之男の八岐大蛇に関する話には上の空だ。そんなつまらない報告よりも、剣のことが気になっていた。帝は、月読から八岐大蛇の尻尾から天叢雲剣が出ると聞いていたからだ。

「早う、尻尾から出た剣を出すのじゃ」

そう言いながら、両手を差し出した。

「尻尾から？」

須佐之男は少し戸惑ったが、

「剣ではなく、太刀が首から出てまいりました」

そう言いながら、太刀を差し出すと、

「どこから出ようが、どうでもいい。早うよこせ」

帝は急いで、太刀を須佐之男の手から取り上げた。

「ほうほう。これが天叢雲か」

ブツブツと何かを言っていたが、須佐之男には聞こえなかった。

「よく役目を果たした。下がってよいぞ」

と言ったかと思うと、帝は奥へと去ってしまった。


帝は、月読のもとを訪れた。

「おまえの言ったとおり、須佐之男は太刀を持ってきたぞ」

すると月読はその太刀を見て首を傾げた。

「はて、アカシアの書から読み取ったのは確か剣だったかと」

しかも、天叢雲ではなく、月読の知らない太刀であった。

帝は、神器であり、力の象徴と言われる天叢雲と信じたその太刀を手にしたことで上機嫌だったので、それはそれで、良しとした。

しかし、それは月読にとって、非常に違和感のある出来事だった。

須佐之男は、鬼の赤子のことも報告しようと思ったが、帝が奥へと行ってしまったので、そのまま、大江山に連れて帰った。

鬼の赤子は、その朱に染められた角から、朱角《シュカク》と名付けられた。

須佐之男や酒呑童子は、赤子の世話をどうしてよいのか分からず、朱角は茨木童子に預けられた。彼女も、女性の姿をしているが、鬼神であるため、子を産んだこともなければ、育てたこともないが、朱角を抱いた途端、乳が出るはずもない乳房が張り出した。彼女は、どうしたことかと戸惑ったが、乳房を露わにして、朱角の口に含ませると、お腹を空かせていたのか、勢いよく乳を吸いだした。乳を吸う量は、人の赤子と大差なかった。

茨木童子は、赤子の世話をするのも初めてで戸惑いながらだったが、朱角を気に入りせっせと世話をした。おしめを当て、定期的に確認したのだが、一向に汚れる様子がなかった。乳は飲むのだが、不思議なことに排泄など、全くしないのだ。その代わり、朱角は乳を飲んだ分だけ体重が重くなり、人の赤子同様に成長していくのが分かった。

少し成長してくると、本格的に懐いたのは酒呑童子だった。普段の世話は、茨木童子がしていたが、特段何もない時は酒呑童子にくっついていた。酒呑童子のことを「じぃ、じぃ」と呼び、喜びながらついて来る。よく髭を引っ張られるのだが、される側の酒呑童子も、やめろと言いながらも、まんざらではなく、可愛い孫のように接した。

朱角は、数日後には少しずつ食事をとるようになった。

鬼神や、神に等しいモノ達は、基本的に食事はしない。人々が供えたものか、自然の中に生っているものの生気を吸い上げ、行動するための力としているのが普通だった。

酒呑童子は酒を呑むが、酔うことを好んでの行為であって、食事的な意味合いなどは全くなかった。そして、酒を呑む度、周りも気にせず、ジョロジョロと、小便を垂れるのだ。

朱角は食べ物を摂取する度、確実に成長した。それはまるで、ただの人間と同じだったが、その成長する速度は異常で、ひと月ほどで、人の五歳ほどまでになっていた。

人の子と比べると、言葉が覚束ないが、朱角の成長を鬼達は、我が子のように喜んでいた。

それは須佐之男も喜んではいたが、少し様子がおかしかった。朱角の角が刺さった時の傷が全く塞がらず、出血が止まらない。出血の量は少ないのだが、止まる気配が全くなかったのだ。

その影響で、とうとう肉体的に死と同様の時を迎えたのである。須佐之男は神であるため、正確には〝死〟ではないが、肉体的活動ができなくなったのだ。

更に、ここは大江山であったため、その魂は肉体から離れることもなく留まったまま、くしなと話すことになったのだ。

くしなを両親に会わせるには、くしなの魂をこのまま保たなくてはならない。山門の外に出た時、外界に触れぬように器が必要だった。

一方の須佐之男は、自らの身体を動かすための肉体が必要だった。

くしなには申し訳ないとは思ったが、互いのために互いが必要なのだ。

須佐之男はくしなに、自分の腹部へ入り、座るように言うと、くしなはもう既に感覚のない身体を動かし始めた。呼吸も血液循環も止まってしまった肉体はとても重く、まるで自分だけが時間に置いていかれるかのようだった。

それでも東の空から白んで来る頃にようやく須佐之男の腹に座ることができた。

「くしなよ、これからおまえと私は一つになるのだ。怖いか？」

そう聞くと、くしなは、

「ううん。だってそうすれば、おとうとおかあに会えるんでしょ？」

須佐之男は少し間を置いたが、「あぁ、会えるとも」と答え、目を閉じるように促すと、くしなの意識は眠ったように静かになった。

須佐之男の肉体、いや、その骨しかない体の首から下げている勾玉から、とても細い糸のように伸びてくるものが一本、また一本と、くしなと須佐之男の体にまとわりつき始めた。その一本一本が須佐之男とくしなの体に刺さって、縫い付けられていくようだ。

肉体的にはもう痛みを感じていないのだが、くしなの魂は、悲痛でゆがんだ表情をしているかのように思われた。

やがて、繭のように須佐之男とくしなの全身を覆い包みこんだ。

くしなが目を覚ますと、手と足の感覚があるのに気づいた。手を伸ばして見ると、なんだか指先が遠くに感じられた。目が慣れてくると、視線がいつもより高く目眩を覚えた。

何が起きたのか、よく理解できないでいると、須佐之男の声が聞こえた。

「くしなよ、もう山からも出られる。ただし今からおまえが須佐之男だ」

須佐之男の身体を立ち上がらせると、くしなは屋敷の外に出た。

水溜めの桶に映る鬼神になった自分の顔を見て、一瞬泣きだし、叫び出しそうになった。

だが、すぐ側にいた茨木童子に気が付き、そちらを見た。片膝を地面に着き、頭を下げたまま、「御館様、今後ともよろしくお願いします」と、中身がくしなとなったことを理解したかのような口調で言った。

くしなの頭の中で、須佐之男が、

「もう、私の思念はおまえにしか届かない。くしなよ、おまえの口から話すがいい」

すると、須佐之男の肉体から出た声は、

「あぁ、茨木よろしく頼む」

そこに、自分の立場と役目を理解したモノがいた。

その日の夕方、須佐之男は都の近くの村にいた。一軒の農家の家の前に着くと、一人の女性が出てきた。須佐之男が、

「薬草を持ってきた。主人に飲ませるがいい」

そう言うと、奥から咳き込みながら、ふらふらと歩く男が出てきて、かすれた声で、

「く、くしなは？　私達の娘が山に薬草を取りに行くと出て行き、戻らないのです」

二人を見たまま須佐之男は、

「すまぬ。娘は返せなくなった」

それ以上言葉を発することができず、何も言えずに、去ってしまった。

くしなの母は泣き崩れ、父親も何も言えずに下を向いたまま日が暮れても、そのまま動けなかった。

須佐之男も泣いていた。

天狗

「須佐之男が死んだか」

そう呟いたのは、背中に羽を生やした鞍馬と呼ばれる天狗であった。

もちろん、くしなによって肉体的には活動可能になった須佐之男は死んではいないが、くしなの魂を身体の外に出さぬための器となった須佐之男は、その覇気さえも器から出ることがなくなった。そのため、天狗達は勘違いをしたのだった。

天狗達は、鞍馬山に住んでいる。白い肌と美しい翼が背中から生えている。

天狗達と、鬼神達は敵対関係にあった。天狗達は時折、北にある六道門の一つ、玄武門を開けようと攻め入って、その度鬼神に妨げられていた。

天狗達の大将の鞍馬は、近いうちにまた大江山に攻め入ろうと考えていた。それが須佐之男の気配が急に消え、これを好機と、攻め入る支度を始めた。

「鴉！」と言うと、一羽の黒い天狗が現れた。この天狗の中において、ただ一羽黒い鴉天狗だ。

「今が、我々のいるべきところへ戻れる機会かもしれない。大江山に潜入して、奴らの様子を探ってこい」

頷くと鴉天狗は、薄暗くなった空へと飛び立った。

大江山に棲む鬼神達は、門を開けようとする者以外には警戒が薄く、闇に紛れたおかげもあって、鴉天狗は容易に潜入をすることができた。

鬼神達の屋敷を音もなくサッと一周した。やはり屋敷に須佐之男の気配は感じ取れなかった。

鬼神の中で、鴉天狗の気配に気が付いたのは、酒呑童子だった。酒呑童子は、いつものように酒を呑んでいたが、空気の動きには敏感だった。やれやれといった感じて立ち上がると、屋敷の入り口に立ち、耳を澄まし風を切る音を聞いた。

すると、とんっと軽く地面を蹴ったかと思うと屋敷の屋根の五倍ほどの高さまで跳ねた。その容姿から想像できない身のこなしだが、酒呑童子は風を操り自分の身体を浮かせ、宙を駆け上がった。

そこへ計算されたかのように、鴉天狗が飛んで来ると、その背にドスンと下り立ち、首を片手で押さえるとたちまち地面に叩きつけたのだった。

鴉天狗も、まさか上から鬼が落ちてくるとは思ってなく、不意をつかれ無抵抗のまま顎から墜落した。

酒呑童子は、鴉天狗の背にのし掛かった状態で片翼を掴むと、バキッと翼を折ってしまった。

鴉天狗が叫び声を上げると、地を這い酒呑童子からなんとか逃げ出した。

「これで飛ぶことはできまい。地に落ちた天狗など、取るに足らぬわ」

背中の痛みを堪えながら立ち上がる鴉天狗に、

「どうする？　まだやるか？」

そう言いながら酒瓶を口にした。

鬼神達は、とくに天狗との争いを好んでしたわけではなく、天狗が襲ってくるから仕方なくといった感じで相手をしていた。

天狗達は、どういった理由からか、北の玄武門を開けたがっていた。その理由は知らないが、開けさせるわけにはいかない。

六道門は、天界や魔界、冥界などいずれかの異界に繋がっていると言い伝えられている。

時々、門の向こう側からやって来るモノがいるが、閉じた門をすり抜けてくるのは、この世界に、殆ど影響を与えることのできない、希薄で低級なモノだけだった。それらは時として、人を驚かせることはするものの、その程度の力しか持たないのだ。

天狗達は、門から異世界の者達を呼び寄せ、この国の混乱を招こうとしているのか。

「貴様らは、いつもいつもなんのつもりで門を開けようとする。しかも、玄武門の向こうから来るのは、魔モノの類いだ。目的は何だ？」

酒呑童子が聞いたが、鴉天狗は「貴様らに教える必要はない」と言い、ふうっと闇に紛れて溶けるように姿を眩ませた。

「まぁ、何度来ようが、また返り討ちにしてくれるわ」

そう言うと、また酒を呑む酒呑童子だった。

理由

須佐之男は、帝に呼び出されて都にいた。

「須佐之男よ、何故昨日は都の外れに行っていたのだ？　ここしばらく余の呼び出しにも応じなかったではないか」

須佐之男は、

「申し訳ありません。怪我をしていて、動くことができなかったのです。昨日は、病気の農民に薬草を届けに行っていました」

「怪我が治って初めに行くところが、余のところではなく、百姓のところだということか！　貴様ら鬼神は、余に仕えるモノぞ！　余に無断で行動するなど、許さぬわ！」

須佐之男は帝の怒りが収まるまで、顔を上げるつもりはなかったが、帝が、

「それほどその百姓が偉いのか！　余は許さぬ。その百姓は打首にしてやるわ！」

その言葉を口にした瞬間、須佐之男の目は帝を見た。その眼光は鋭く目を見ただけで、

殺されると、帝は思った。一言、「そんなことは冗談である」と言って逃れようと思ったが、その鋭い視線によって、何もできず、何も言えずにただ恐怖だけがこころを支配していた。

「それはなりませぬぞ」

須佐之男が言うと、続けて、

「我ら鬼神は、人を守護するモノ。人を傷付けるようなことがあれば、たとえ帝と言えども、討たねばなるまい。念を押して言うが、なりませぬぞ」

そう言いながら、立ち上がり、去ろうとした。振り向きざまに、

「我々は、人を守護するモノ。あなたの勅命に従うのは、あなたが人々の代表であるからであって、我々鬼神は、あなたの家来や、所有物ではないことをお忘れなく」

言葉を発したのが、須佐之男なのか、くしなだったのか分からなかったが、須佐之男が、人々を護ろうと考えるに至ったのは、くしなと同化して思うこの心、この未来の記憶があったからだと確信していた。

須佐之男は、いつの間にか音もたてずにその場から立ち去ったのだった。

帝はそのまま動けずにいた。息をすることもできないほどの恐怖だった。

須佐之男が去ったことに気づいた側近が、謁見の間に入ってくると、冷や汗を流し、ガタガタと震えながら、下を向いた帝に駆け寄った。

「どうなされましたか」

側近の言葉を聞いているのかどうかも分からないような状態のまま、

「鬼どもを殺してしまえ。あれは悪鬼だ」

帝に近寄った側近は頼光だった。

「どうなされたのですか。そうは申されても、鬼神は人々を護ってくれるもの達ですぞ」

「あれはいずれ、余を殺しに来る」

その言葉を最後に、帝は寝込んでしまった。

地獄の門

天照は、手力と鈿女によって封印された岩戸が、自分の力ではどうにもできぬと悟り、岩戸から出るのを諦めて、洞窟となっている穴を奥へと進んだ。洞窟は、下に向かって続いており、狭くなる様子もないので、外へ出る方法がないか探るため下りて行った。どれくらい進んだか、数刻のような気もすれば、一年のような気もする。神々の時間の感覚は人とは違い、かなり曖昧である。寿命が永遠ともいえるほど極端に長いためで、あまり時間を気にしないのだった。

それでも、かなり歩いたのは確かだった。すると、地中深くに進んでいるはずなのだが、明るくなってきた。

進む先には巨大な門があり、その扉は開け放たれていた。

どこかで見たことのあるような気がしたが、それ以外に道もなく、天照はその門をくぐり抜けた。すると、先ほど歩いてきた洞窟の面影はなく、天井は見えないほど高い空間がそこにはあった。

「いったい誰が、こんな場所を作り出したのだ」

独言を呟くと、女の声で「もし」と呼びかけるモノがあった。

「門を潜られたのですね」

後ろから声を掛けられ、思わずかざした手から炎を放つと、細く美しい手で、飛んで来た炎をいとも簡単に逸らした。

「おまえは何者か！」

瞬時に敵と想定して、覇気を込めて天照は聞いたが、その女はさほど動揺もなく、「私は魔夜《まや》。ここは地獄界。罪を裁かれに来る者を待っていました」と答えた。

「地獄だと」

「そう。あなたが通ったのは六道門が一つ、紫鯨門《しげいもん》。言い換えれば、死を迎えるという意味の死迎門《しげいもん》よ。地獄門と言った方が分かりやすいかしら」

「チッ、六道門だと。大江山の四方にある四つの門だけかと思っていたが、他にもあったとはな。なれば、ここは異世界か？　地獄ということもそうなのか？」

「私はあなたを地獄の法廷へと案内するために迎えに来ました」

「法廷だと、笑わせる。生きているわたしには関係のないことだ」

「ここは冥界と違うから、生きている者も来ることはあるようです。でも、そんな者達も地獄の拷問にかかれば、すぐに死んでしまうから同じことかもしれませんね。さて、ここに来たということは私に従うしかありませぬ。地獄界初の神に対する裁判です。さぁ、逝きましょうか」

魔夜が言うと天照は、「貴様になんか、構っておれん」と、今来た方向へ魔夜を無視してその横を進もうとした。

魔夜の横を通り過ぎた時、天照は背中に魔夜の気配はあったが、何か異変を感じ振り向くと、そこには先ほどまでいた魔夜の姿はなく、その代わりに巨大な鬼神がいた。

「我は、閻魔天。紫鯨門の門番である。ここから門を出るには、私の許可が必要となる。神とて、裁判を受け、罰を終わらせねば、地上界に帰すことはできぬ。さあ問おう！　おまえは正しき存在か、それともそうではないのか」

天照は、「正しかろうと、そうでなかろうと、貴様に関係なかろう。さっさと通してもらうぞ」と、閻魔天に構うことなく、勝手に門の方に進もうとするが、進めば進むほど、門は遠ざかって行った。

「言ったはずだ。私の許可なしに、門の外には出られないと。更に、私の問いにも答えないその身勝手さ。おまえは天の牢獄、天獄行きにする」

天照は、「いきなり牢獄などと横暴だな」と言うと、「ここに来た神は、すべて天獄に封印と決まってるのだ」と、閻魔天が天照に掴みかかった。

掴まれた腕が、一瞬で氷のように冷たく変わった。即座に振りほどこうとしたが、閻魔天も、只者ではない。あっと言う間に天照を地面にひれ伏せてしまった。

天照にも油断があったかと言えば、そうかもしれないが、須佐之男といい、閻魔天といい我の邪魔ばかりする奴が多いのかと怒りが湧いてきた。

「我もいつまでもやられてばかりおれんよ！　太陽の炎をくれてやる」

そう言うと天照の髪が炎に変わり、周辺の温度が急激に上昇し始める。閻魔天は天照自身の熱で、抑えていた手が燃え始め、その手を離し引き下がった。天照は立ち上がり両手を広げると、一気に炎が立ち上がり、あたかもここに太陽が来たのではないかと思えるほどの炎に包まれた。地獄の門はあっと言う間に灰になり、地面さえも溶け始めた。

閻魔天も苦痛の表情でいたが、炎の中に倒れ元の姿がなんであったか分からない、ただの黒く焦げた物体へと変わり、やがて燃え尽きてしまった。

天照は閻魔天の消滅を確認すると、元の姿に戻り、座りこんでしまった。

「さすがにこれは疲れるな」

「閻魔を倒してしまうとは、お強いですね」

そう言って現れたのは、魔夜であった。

「貴様！　どうやってこの状況から逃れた」

天照が驚くのも無理はない。ここから見える範囲すべては、焼けて、殆どのものが消滅するか、マグマのようにドロドロに溶けてしまったのだ。

——そのはずだった。

驚くことに、燃え尽きてしまった地獄門もそこにあり、何事もなかったかのように、魔夜がそこに立っていた。

「閻魔の影に隠れていたから無事だったのよ」

「影もなにも、すべて燃やし尽くしたんだぞ！　あり得るか！」

天照は戸惑った。が、魔夜は目の前にいる。

「何者だ、おまえは」

「あら、閻魔が言わなかった？　地獄の門番だって」

魔夜は「何度言わせるの」と少し不機嫌そうだ。

「じゃ、封印させてもらうわね」

そう言うと魔夜は後ろを向いた。

「馬鹿な！」

天照は驚嘆した。

そこには、先ほど燃やし尽くしたはずの閻魔天が、何事もなかったかのようにいるではないか。

「馬鹿な！」

ありきたりの言葉しか出せなかったが、天照はどうやって生き残れるのか、考えてはみたが、あの状況で無傷でここにいることの答えが見つからなかった。

「どんな能力を隠しているのだ」

天照が呟くと、閻魔天が、

「先ほどはよくも消し炭になるまで焼いてくれたな」

「燃えてなくなったんだから、出てこなくていい。勘違いしてしまったなら、退場するのだな」

天照はもう一度、先ほどの技を使うだけの体力は残っておらず、弱気を見せないようにとそう言うと、

「一度は燃え尽きてしまったが、こちらも使命があるのでな。そう易易と舞台は下りれんわ」

閻魔天は、どうしても引く気はないようだった。

天照が、閻魔がどうして助かったか分からないでいると、閻魔が、

「私と魔夜は表裏一体。だが裏表別々の存在なのだ」

そうか、確か閻魔は「エンマ」と読むが「ヤマ」と読むこともできた。裏返って「マヤ」、魔夜か。

「洒落にしてはバカバカしいと言いたいところだが、なれば、同時に倒すしかないのか」

閻魔天が掴み掛かってくると、天照は横に回り込んだ。そして自分の左脇の空間から柄を掴み、中から剣を引き出した。

「この剣は、天叢雲。神をも斬り捨てることができようぞ」

そう言って、閻魔天の懐に飛び入り、掴みかかった閻魔天の右腕を左手で弾き上げ、更にそのまま右脇をすり抜け、閻魔天の後ろに回り込んだ。やはりそこにいたのは、魔夜だった。

天照は、魔夜の首を掴み、剣を背中から突き刺した。魔夜が、口から血を吐き出したところで、首を掴んだ手に力を込め、そのまま首を折った。その手を離さぬまま、魔夜の背中を見ると、剣は閻魔天の腹に刺さっていた。剣を握る手に力を込め、閻魔天の腹を斬り抜くと、閻魔天は力尽きた。

やっと倒したと安堵し、魔夜を見ると、折ったはずの首は無傷どころか、平然とした魔

夜がそこにはいた。

「馬鹿な……同時に倒したはず」

天照は愕然とした。魔夜は、

「いいお考えでしたが、残念でしたね。確かに私の首を掴んだまま、閻魔の腹を斬ったのでしょうが、それを同時に確認してはいなかったでしょう。私達、いや私は表裏一体。けれど、同時には同じ世界に存在しないのよ。あなたが見ていない側に来た時に私は元通りというわけ。まぁ、八咫鏡でもあったら話は違ったでしょうけどね」

天照は、そう言えばあの鏡は月読が持っていたなと思った。

魔夜は「じゃ、サヨナラね。投獄させてもらうわ」と言うと、後ろを向き閻魔天と入れ替わった。

天照は、どうすることもできずに、地に膝をつき、そして座り込んでしまった。

「悪いが、これが私の使命。神々は人の世界から退場していただくため、これからずっと投獄し続けなくてはならないのだ」

閻魔天は少し寂しそうに言うと、天照を天の牢獄へと落とした。

天獄

天照が気づくと、辺り一面灰色の岩と砂の地面。空には地平線の近くに太陽があったが、何故か空は夜のように暗かった。

そして異常なほど静寂な世界。今までに感じたことのないほどの静かな世界だった。

ふと、空を見上げると、そこには巨大な青い球体が浮かんでいた。

天照は「青い月」と言葉を漏らしたが、その音は自分の耳にも届かなかった。

月読は今宵も狭い格子戸から空を見上げ、月に映るアカシアの書から、未来を読み取ろうとしていた。

ふと見た視線の先に、天照がいた。月読の見た先は、紛れもなく月だ。

「何故そのようなところに」

月読が問うた。

月と地上までの距離では、本来、人ほどの大きさのものなど見えるはずもないが、天照と視線が合ったのだ。

それは、向こう側も同じように気づいた。青い月に月読がいるのを知ったことで、天照は自分が月にいることを悟った。

「月読よ、そこに囚われていたのか」

帝の屋敷の地下から、月を見るために開けられた小さな格子戸を見て、月読が囚われていることを知り、自分のことより先に、月読を心配して言うと、その言葉は地上で目の前にいる距離と変わらぬ速度で月読に伝わった。

神である彼らは、どんなに離れた場所からでも相手の存在が認識できれば、距離に応じた時間差など意に介さず対話することができるようだ。

「天照よ、百数十年ぶりでしょうか。それはそうと、どうしてそのようなところにおいでなのですか?」

「今や俺もこんな何もない世界に封じ込められてしまった。閻魔天にしてやられたわ。いや、仕組んだのは須佐之男だったのか」

すると月読は、

「まぁ、そう言わずに。いずれ私もそちらに参りますので」

月読は、アカシアの書から読み取った未来には、いずれ人々の世界から神はいなくなることを読み取っていたのだ。それが、閻魔天による神々の天獄への投獄なのかは分からなかったが、天照を見て、そうなのだろうと悟ったのだった。

天照は、地上が見える場所なら帰ることができるのでは、と試してはみたものの、月の重力からさえも逃れることができなかった。

ならばせめて月読だけでも解放してやろうと、衛星軌道に浮かぶ隕石に自らが創り出した炎をぶつけた。その勢いで隕石は地上へと落下を始めた。

普通の隕石ならば、流星となって燃え尽きてしまう大きさなのだが、天照が作り出した〝炎〟によって護られた隕石は、帝の屋敷へと真っ直ぐに向かって行った。

地上で、須佐之男達鬼神は、すぐにこちらに向かってくる流星を見つけた。それが、帝の屋敷へ直撃する進路だと直感した須佐之男は、迎撃に向かったが、間に合いそうにない。

茨木童子が雷を一撃当てたが、流星は天照の炎に護られ進路を変える様子はなかった。

唯一、落下地点と思える屋敷の屋根の上に辿り着けたのは、酒呑童子であった。

酒呑童子は、風で床を作るように、他の鬼神の頭上を軽く、トントンと飛び跳ねるように、いとも簡単に跳ねて行った。その首には、朱角がしがみついていたが、屋敷に着く直前に「降りて隠れていろ」と、酒呑童子に言われると、コクリと頷きその手を離した。

フワリと後ろに流れ落ちる朱角を見ると、帝の屋敷の屋根へと下り立ち、向かってくる流星を見た。流星は、拳ほどの大きさだが、それを包む炎によって、十倍ほどの大きさに見える。

酒呑童子の立っている屋根の後方には、帝の寝室であった。

天照は帝を殺し、月読を解放すべく、狙って流星を落としたのだった。

酒呑童子は、屋根に下り立った瞬間から、強烈な上昇気流を起こし、進路を逸らそうとしていたが、変わる様子はなかった。酒瓶を口にし、ひと口酒を呑むと、拳に風をまとい、気合いを入れた。

落ちてくる流星は、とてつもなく速かったが、酒呑はそれに合わせ、拳を突き出した。

強烈な光を放ち落ちてきた流星は、ついに屋敷へと落下した。屋敷は屋根を破壊され、たちまち炎に包まれた。

流星が落ちた場所に、帝はいなかった。酒呑童子のおかげで、部屋一つ分奥にそれて落ちたのだ。

屋敷の主とその家来、その使用人達は、蜘蛛の子を散らすように逃げ惑った。

帝は、「須佐之男が、余を殺しに来おった！」と叫び逃げ惑い、家来達に混じりその場から離れていった。

一方、酒呑童子は帝を護り、見事にその役目を果たした。だが拳を当てた右腕どころか、右の胸と、顔の半分がなくなっていた。

そして、そこへ初めに近づいてきたのは、朱角であった。朱角は、まだ片言しか話せない。そして、いつも酒呑童子にしがみついてばかりだった。今はただ、酒呑童子の頭を抱えていた。

この季節には珍しく、空は弱々しい風に雪が舞っていた。

須佐之男は、無事逃げた帝を確認すると、酒呑童子を探した。すると、庭に落ちた酒呑童子の遺体にしがみつく朱角を見つけた。

次の瞬間、酒呑童子の身体は光となって消え、代わりに今まで見たことのない鬼神がそこに立っていた。

「おまえは？」と訊ねると、

「俺はシュテンドウジ」

よく見ると、その鬼神は、朱に染まった角を持っていた。

それは紛れもなく、青年の姿をした朱角であった。

「これからは、朱天童子を名乗る」

須佐之男は驚いたが、酒呑童子が役目を全うし、その意思を朱天童子が引き継いだことを理解した。

朱天童子は急激に上昇気流を起こして雪雲を散らし、積乱雲を作り上げた。そしてその雲に、須佐之男は雨を降らせた。酒呑童子に捧げる涙のように。

屋敷の火は、激しい雨のおかげで徐々に下火となった。

「あとは放っておいて大丈夫だろう」

と、瓦礫となった屋敷は、人に任せて、鬼神達は大江山に引き返した。


後宮に寝室を移した帝のもとに、そっと近づくモノがあった。

帝は眠っていたが、夢の中でそのモノの言葉を聞いた。

「〝また〟あなたは、鬼神の討伐をするのですね」

帝が目を覚ますと、そこにいた影はどこかに去っていなくなっていた。

この時を最後に、月読は帝のもとを去った。

異国の予言者

遠く海を越えた地に、月読と同じようにアカシアの書を読むことのできる人間がいた。彼の名はノストラ。彼はアカシアの書、ここではアカシックレコードと言われるものからの情報を予言とし、王や民の暮らしに役立て尊敬されていた。

だがある日、友人が「彼女にプロポーズをしたいのだけれど、いつなら成功するかな?」と言われ、アカシックレコードから読み出した日を伝えた。

だが、このほんの些細な予言が、そのとおりとはいかなかったのだ。

そして、それを重大なこととは考えず、次の予言を公表してしまった。それは、隣国が武力侵攻するための準備を始めていて、近いうちにこの国に攻め入るという内容だった。

王は、ノストラの予言を信用していたため、迎え撃つ準備を整えることにした。だが本当は、隣国にそのような動きは一切なく、隣国に対して不審を抱かせたが、実際には戦争は起こらなかった。だが、平和の均衡を保つために、王や貴族達は戦の準備の言い訳を取り繕うために、かなり奔走したようだ。

王の側近には、ノストラの地位をよく思わない者もいた。その側近が、ノストラが戦争に乗じて、王の権威を貶めようとしていたのではないかと言い始めたのだ。

ノストラは捕らえられ、投獄された。それでも、新たな予言を得ては、王に知らせてくれと訴えたが、それからの予言は、どれ一つとして、現実とはならなかった。

彼は何度も「予言は本当だ」と訴えた。

取調べも済み、濡れ衣と分かったが、当たらぬ予言のせいで嘘つきのレッテルを貼られ、兵士達から噂は拡がり人々から白い目で見られるようになった。

ノストラは、眠っている間の夢の中でアカシックレコードを見ることができた。

何度、そこを見直しても、今までに予言したことは書いてあった。今まで読み取ったことは、すべて事実として起きたのに、あの時の些細な事柄以降、事実と食い違っていた。

「何故だ！」と頭を抱え、叫んでもどうにもならなかった。

ある日、アカシックレコードを見ている時に目を逸らすと、周囲になにかが見えることに気がついた。

幾日かが過ぎ、人々からの視線に耐えるのに、気が狂いそうになりながら、

「俺は嘘などついていない。アカシックレコードに書いてあったのだ。アカシックレコードに書いてあることは、起きなくてはならないのだ」

ノストラは「私を嘘つきと呼ぶ者を、すべて滅ぼしてやる」と、日に日に怨みと憎しみを強くしていった。

そして遂に、アカシックレコードを実行する、神になればよいのだと、壊れた発想をするようになったのだ。

ノストラは人間でありながら、アカシックレコードを読むといった能力を持っていた者。憎しみの念がとうとうアカシックレコードに触れることを可能にしたのだった。

そして、アカシックレコードに触れようとした時、ノストラを呼ぶ声が聞こえた。我に返って、周囲を見ると、豪華な神殿のようなところだと気がついた。

ノストラを呼んだのは、人だった。いや、人に見えただけだ。

彼は自分を「唯一神『アークマスター』だ」と言ったが、「千年前までは人間だった」と。

「既に、人であった頃の記憶は薄れ、その頃の名も忘れたが、今も人々を愛している」

彼はずっと人々に加護を与えてきた。

世界は、アカシックレコードのとおりに進んで行くが、人々に大きな影響を与える災害

などは、極力阻止できないかと下級の天使を地上界に送り込んでいた。

と言っても、大きな災害などの出来事は止めることはできなかった。

より大きな力を持った天使は、地上界に降りるための扉を潜ることができず、何かよい方法はないものかと考えていたところだと言っていた。

アークマスターだと名乗ったそれは、「副天使長」と言うと、黄金の髪をした天使が現れた。

「彼はミカエル。私の信頼する天使達の、副天使長を務めている」

いつの間にか周囲は、雲の上に浮かぶテラスに変わっていた。テーブルの上には、カップに注がれた紅茶があり、アークマスターがノストラに着席を勧める動作をした。そして、「紅茶が、口に合えばよいですが」と言うと、ミカエルにお茶菓子を運んでおくれと頼んだ。

ノストラは「副天使長がミカエル様なら、天使長は?」と聞くと、

「天使長は、ルシフェルと言いまして、所用で出掛けていますが、もうしばらくで戻るでしょう。ルシフェルは、ミカエルの双子の兄ですので、髪と瞳の色以外では、見分けがつかないでしょう」

彼らはよく働いてくれる。天使達の仕事は主に、人々に福音を与えることと、神の指示で人々の歴史を蔭から支え進めていくことらしい。

アークマスターはその方針を、アカシックレコードから得ているとのことだった。

「ですので、私達天使は、アカシックレコードの実行者ということですかね」

そう言いながら、ミカエルは紅茶に合いそうなクッキーと、フルーツタルトをテーブルに置き、手際よくカットして神と、ノストラに差し出した。


アークマスターはノストラと数十分間話をした後、そろそろ地上界では十数時間ほど過ぎてしまったようだ。「引き止めてしまってすまなかった」と言うと、

「アカシックレコードに興味がおありだったようですね。少しなら、ご覧になって結構ですよ」

と、アカシックレコードを開いて見せてくれた。

「所々、歯抜けで白いページがあるのは？」と聞くと、ミカエルが、

「アカシックレコードにも決まっていないあやふやな部分もあるのですよ」

と、ノストラにペンを渡してきた。それはアークマスターには死角で見えなかったが、動きが不自然だった。ノストラにはミカエルの行動の意味が分かった気がした。

天使の、いやミカエルの表情は、いつも穏やかな微笑みのように見えていたが、副天使長と呼ばれた時は明らかに不機嫌な顔をしていたのを見ていた。

アークマスターには、その表情の変化が分からなかったのだろうか。

そう思いながら、ミカエルからペンを受け取り、アカシックレコードの空白に、

「唯一神は死に、ノストラが新たな神となる」

そう、書き込んだ。それを見届けたミカエルが、顔を禍々しい笑いに変え、

「新たな神よ、分かりました。実行します」

と言うと、右手を天に掲げるとその手に、一本の槍が現れた。

それを見たアークマスターは後退りして、

「副天使長、何をするつもりか？」

「神よ。この槍を覚えておりますか？　この槍は、あなたの命を奪ったロンギヌスが使っていた槍ですよ。すなわち神殺しの槍です」

次の瞬間、ロンギヌスの槍は、アークマスターの脇腹を貫いていた。

「あなたは何故、ルシフェルを天使長にした。私は副天使長などとは呼ばれたくなかったのですよ」

ミカエルはそう言うと、槍を突き刺したままアークマスターを持ち上げ、槍を引き抜き狭間に、テラスの外へとそれを投げ落とした。

「ミカエル、何を！」

そう言って現れたのは、薄いラベンダー色をした瞳と髪を持つ天使だった。それ以外に顔や容姿はミカエルとまるで区別がつかない。ミカエルは、まるで鏡写しのその天使に、襲いかかった。

「ルシフェルよ、おまえも堕としてやる！」

だが、ルシフェルの方が一枚上手のようで、ミカエルはその場に抑え付けられてしまいそうだった。

「ルシフェルが裏切った！」

ミカエルが大声で叫ぶと、天使が二人飛び出してきて、ルシフェルに飛びかかった。

「ウリエル、ラファエル。ルシフェルがアークマスターを裏切り、襲った！」

「何を馬鹿な！　血迷ったか！」

ルシフェルの言葉など届いていないかのように三天使は間合いを詰め、あっという間に追い込まれてしまった。

「待て！　話を聞け」と、ルシフェルは雷で威嚇したが、本来味方の天使に本気は出せず、ためらってしまった。

「おまえが唯一神を襲ったのだ！　教えてやろう。アカシックレコードに、おまえは堕天して、魔王ルシファーとなる。そう書いてあったのだよ」

ミカエルが、ウリエルとラファエルに両手両翼を押さえ付けさせ、ロンギヌスの槍を腹に突き立てた。そしてその手のひらから伝わる熱でロンギヌスの槍から炎が溢れ出し、ルシフェルの腹を焼いた。

ウリエルとラファエルはルシフェルの両翼を引きちぎると、アークマスターの落ちたテラスから投げ落としたのだ。天界の雲の下は遥か遠く、どこまでも落ちてゆく……。やがてアークマスターと、ルシフェルの姿は見えなくなってしまった。

ミカエルは、ノストラの前に跪くと、

「新たなる神よ。これから宜しくお願い致します」

と言うと、同じように、ウリエルとラファエルも跪いた。

こうして天界の新たなアークマスターとなったノストラは、全天使を使って、地上界を滅亡しようと考えた。

しかしそれは直ぐには実行することはできなかった。地上界に出るためのゲートが狭く、中級天使はおろか、今のところは下級天使が数人抜けるのがやっとだった。

空から来た者

茨木童子は空の上を気にしていた。大江山の遥か上空から、また視線を感じていたのだった。

空を見上げると、なにやら天狗達が飛び回り、視線の主のところへ行こうとしているようだった。だがそこは、翼で飛んでゆくには空気が薄く、辿り着くことができたのは、鞍馬だけだった。

天空にある門、かつて鞍馬もその門を通り、この地上に堕とされたのだ。だが鞍馬は、そこからこの世界へ来たことは覚えていなかった。だが、何故この遥か上空より感じる気配は忘れることのない、知った者の気配なのか分かったような気がした。

「鴉め、何を考えて」

だが今は、そんなことを考えている場合ではなかった。鞍馬は憎しみを込めて、その視線の主に言い放った。

「ミカエル！」

わずかに開いた門から、頭と片腕だけ下向きにだらりとした状態で、髪は血で真っ赤に染まっていた。

「とうとう唯一神に愛想を尽かされて堕とされたか」

そう言って、鞍馬が襲いかかろうとした時、ルシフェルが意識を取り戻した。

「おまえは、クラマエルか」

鞍馬が間違えるのも仕方がない。ルシフェルとミカエルは、髪と瞳の色を除けば、鏡写しと言えるほど全く同じであり、そこから放たれる気配でさえ、区別することはできないものだったからだ。


天界にいるアークマスターは、直接人々のいる地上界に手を出す力はなかった。アカシックレコードに書かれたとおりに過ぎてゆく日々を見守るだけしかできなかった。だが、何とか人々に救いの手をさしのべるために、天使を造り出すことにした。システムアダムとシステムイヴを使い、始まりの天使、クラマエルが誕生した。

神は過去に起こってしまった悲劇を回避することはできないかと考えた。

それによって、クラマエルに与えられた言葉は〝時〟であった。それにより時間を操る力を得たのだ。

だが、時間というものは、想像したようなものではなかった。時の流れは、すべての事象の動作を許可するようなもので、時の流れがあるから世界は動くことができた。仮にクラマエルの能力で、時を止めたとすれば、光を含むすべての物質が動けなくなるので、そこに留まる者にとっては、暗闇の世界で、音もなく重力も働かず、たちまち上下も分からなくなって、目が回ってしまう。

幸い天使は呼吸をせずとも大丈夫だが、共に止まった世界に入った生物は、空気さえ動かず、どうすることもできなくなってしまう。

過去を救おうと、時を逆行させたが、過去に遡ることはできなかった。

時間というものは、簡単に言ってしまえば直流の電気に似ていた。乾電池によって点灯した豆電球は、乾電池のプラス極とマイナス極を入れ替えても、同じように点灯するのと同様に、時間の流れる方向を変えても、事象は今までと同じように進んで行くだけだった。

アークマスターは落胆したが、もっと単純な能力を天使に与えることで、実用的な運用をとることにした。

それがルシフェル、ミカエル達であった。

ルシフェルに与えた言葉は〝電〟で、電気を操ることができ、その力で雷を発生させることができた。その根本は素粒子である電子を操るものだ。その能力のため、システムアダムとイヴの専任となった。

ミカエルは〝熱〟の言葉を与えられ、分子運動を制御することで温度を変化させ、炎を出すこともできる。

ルシフェルと、ミカエルが誕生すると、クラマエルはアークマスターの傍にいることが少なくなってきた。代わりにミカエルがいつもアークマスターの傍に付き従っていた。

しかし、アークマスターはいつもクラマエルの姿が見えないと、気にするのでそれを聞く度ミカエルは苛立ちをおぼえた。

ある時、ミカエルはアークマスターに、

「あのような使えぬ天使のことなどお忘れになって、なんでも私に仰って下さい」

するとアークマスターは、

「おまえはいつも自分中心で事を考える。もう少し他のものを気遣うことを覚えなさい」

と言い、唯一神の傍にいることを制限された。

ミカエルは「あんな失敗作がいるから、アークマスターは心配でならぬのだ」と、いつしかクラマエルを堕さなくてはならないと考えるようになっていた。

天使を生み出すシステムは、アダムが設計を行い、イヴがそれを元に形作る装置だ。ルシフェルはアークマスターからの指示で、次なる天使を生み出していた。

天使は、設計の際に一つ言葉を与え、それに特化した能力を与えることができた。ラファエルは〝風〟の言葉を与えたことで、気体を操ることができるように。ガブリエルには〝水〟を与え、液体を操れるように。そして、ウリエルは〝地〟で固体をといったように、アダムを使用し設計していった。

イヴが製造を終えると、ルシフェルは、生まれたばかりの天使達に、アークマスターのもとへと行くように指示した。

アークマスターのもとへと向かう途中の、ラファエル達を捕まえたのは、ミカエルだった。

「私は、今後天使達を統括することとなる、ミカエルだ」

と近づき、まだ何も知らないラファエル達に、クラマエルが唯一神の寵愛を我がものだけとするために、他の天使をすべて殺す計画を企てていると騙し、一緒に討伐することを命じた。

クラマエルはアークマスターと話を終え、神殿から出てくるところだった。ミカエルが近づき、すれ違いざまに何やら話しかけた。その途端、クラマエルは、ミカエルに襲いかかろうとした。

だが、取り押さえられたのは、クラマエルの方だった。影に隠れていた、ラファエルとウリエルによって両腕を取られ、肩を押さえ込まれてしまった。

その瞬間、クラマエルは時を超低速状態にし、捕まえられた腕を外し、一歩前に出たところで、通常の時の流れに戻した。本当ならば、もっと遠くに逃げたかったが、空気がとても重く、それ以上の活動が困難だった。

ミカエルはあらかじめ、ラファエルとウリエルに、クラマエルの能力と対処法をすり合わせしていたのだ。

ラファエルは、クラマエルの周囲の空気密度を高めておいたのだ。

次にクラマエルは完全に時を止め、ミカエルに向かおうとした。無論、時の止まった世界は、暗闇のため、時を止める前にミカエルの位置を確認して踏み出した。

ミカエルに向かって踏み出した瞬間、時を止めたクラマエルだが、踏み出そうとした身体が何かに固定されたかのように、動かすことができなかった。超高密度の空気は、依然クラマエルにまとわりついていた。時を止める寸前に、ミカエルはその超高密度の空気の分子運動を完全に止め、凝固させたのだ。

絶対零度となった空気は、更に時を止めることで、完全に破壊できない状態で固定された。

クラマエルは、停止した時を再び動かすことしかできなかった。動き始めた後、自分の身に起きることも想像できたが、時を止めるのも無限に可能なわけではない。集中力が切れれば、どちらにしろ同じ運命が待っている。ならば、まだ反撃の力があるうちにと、時を動かす覚悟をした。

天使達の身体は、世界に物理干渉するために、通常物質でできている。構造においても人を基準に作られているため、相応の攻撃を受ければ、ダメージを受ける。これは、天使達を設計したアークマスターが、元々人であったため、無意識にその域を超えなかったためだ。

ミカエルは、こちらにとって最善のタイミングで時を止めてくれたと感じ取っていた。凍った空気のせいで、クラマエルが直ぐに時を解放する。そうしたら、次の手だと。

時が動き始めるとウリエルは、大気中の塵や埃を集め、更に神殿の石柱を砕き、破片をクラマエルの周りに集め始めていた。

ミカエルは、凍らせた空気とウリエルが集めた塵を急激に高温に変え炎とした。炎は目眩しにしかならなかったが、逃げ出そうとしたクラマエルに纏わせた神殿の石柱の破片をも高温に熱していった。石柱の破片は、一粒一粒が溶岩のように真っ赤に溶け、炎の雨となりクラマエルを襲った。

クラマエルの天使の羽は、炎によって焼かれ、穴が空き、飛ぶこともままならない状態だ。その時、「ミカちゃん、持ってきたよぉ」と、緊張感のない声で近寄ってきたのはガブリエルだった。

「全くー、ここには水は少ないんだからねぇ、集めるの大変だった！」

と持ってきたのは、とてつもなく大量の水だ。ガブリエルの頭上には、全容が見えないほどの水の玉が浮いていた。

「全く。加減を知らないのか」

呆れるミカエルだったが、クラマエルを捕まえると、水の中に放り投げた。

「さっきは、熱かったろう。そこで涼むがいい」と言うと、水の玉に触れた。途端に水の一部が凍りついた。それはクラマエルを中心に、一辺が三メートルほどの立方体の氷となり、

「ガブリエル、残りはもういいぞ」

と言うと、ウリエルに氷を引き抜かせた。ガブリエルは、せっかく持ってきたのにと、頬を膨らませていたが、ミカエルは相手にしなかった。

「ウルちゃん、何とか言ってよー」と言われウリエルは、「何故、ウリではなく、ウルなのだ？」と言ったが、答えようとしたガブリエルに、もういいから、下がるようにと、ラ

ファエルが腕を掴んで引っ張った。「ラフちゃん、痛い！　離してよぉぉ」と聞こえる声が、遠ざかっていった。

絶対零度の氷の棺に閉じ込められたクラマエルは、天界のテラスから見える雲の下へと投げ捨てられた。ミカエルは、

「あの氷は、絶対零度ゆえに誰にも溶かすことはできない。そのまま永遠に封印されているがいい」

と、もう二度とクラマエルの顔を見ることはないだろうと思った。

ミカエル達は、唯一神の前で報告をした。

「クラマエルは、神への反逆を策謀していたため、討伐致しました。これはその証拠であります」

と、クラマエルの翼から抜け落ちた羽を差し出した。

アークマスターは、クラマエルの羽を受け取ると、何も言わずに自室に籠ってしまった。

それからしばらくは、ルシフェルが下級の天使を地上界へ送り、人々の平和に貢献した。

もしもクラマエルを見つけた場合は、彼の傍にいるようにと伝えて……。

六つ目の門

大江山の遥か上空、肉眼では視認することすら難しいところに、第六の門があった。この門は、天界に繋がる門で他の四方の門と違い門番がいない。扉は少し開いており、時折下級の天使が降りてくることもあった。

扉の隙間は、通る者の見た目の大きさではなく、能力の強さで通れる者の制限ができていた。そのため、能力の高い上級天使は通り抜けることなどできなかったが、クラマエルは、絶対零度の氷に封印されていたため、この門から落ちてきた。

落ちてきたという表現が正しいのか。天界と、地上界の重力の作用している方向が違うため、正確には、水平方向へと打ち出された。そこからは放物線状に落ちて、ある山の麓近くに着地した。

そこは大江山よりも都に近く、後に鞍馬山と呼ばれる山で、比較的人家に近いところだ。

天照は、それから十日ほど過ぎた頃、この近くの村を通りかかった。村の百姓が天照に気づき、少し前に落ちてきた、氷塊とそれに付随する弊害のことを村人は話をしてきた。

とても冷たい氷の塊が降ってきて、沢から流れる水を凍らせて、田んぼに水が来なくなってしまった。しかも、氷の周囲はとても寒く、冷気が田畑に流れてきてしまう。氷を溶かそうと向かったが、寒くて近づくことすら厳しい。氷に向かって、火矢を放ってみたが、余りの冷気で、途中で火が消えてしまうと言う。

「どうか、あの氷をどうにかしてほしいのです」

人々は、神である天照に敬意と畏怖をもって願いを伝えてきたが、天照はなんの力もない弱い人々を、何故助けなくてはならんのだ。と、人々の言うことなど知らんという態度だった。

それでも、幼い百姓の子供が天照に近寄り、

「神様、どうかお願いします。水が来ないと、みんなが食べるものが育たないの」

と、泣き出しそうな声で頼んで来た。

「俺は、おまえらの言うことなど聞いてはおれん。俺は俺のために行動するだけだ」と突き放した。「だが、その氷には興味がある」と、冷気の流れてくる方へと向かったのだった。

徐々に氷に近づくと、冷気が強くなり、天照は両手から炎を出し、周囲の氷を溶かしながら、氷塊に辿り着いた。

すると、二人の下級天使が、

「オマエナニモノ、ナニヲシニキタ」

「コレハワレワレヨルナ！」

と、天照を威嚇してきた。

「なんだ？　おまえらは」

天照が聞くと、

「ワレテンシ。ヒトシアワセスル。クモドケルヒトシアワセ」

「オレテンシ。ヒトシアワセ。サカナヨブタイリョウ」

と、身振り手振りで説明してきた。

片言の言葉に天照は苛立ちを覚えた。どうも、自分達は天使という種族で、雲を動かし天気を操作する能力があり、もう一人は、魚を集める能力と説明していることは分かった。

「人々を幸せにする天使だと。おまえらのその氷が、下の村の人々を困らせてるぞ。溶かすからそこを退け」

と天照が氷塊に近づこうとすると、二人の天使が、「クラマ……ルチカヅクナ！」と襲いかかってきた。

だが、天照が腕で払っただけで、天使は力尽き、地面に落ちてしまった。氷塊の周囲は極寒で、それでもこの氷塊を護るために側にいたため、体力を消耗していたのだ。

「こいつらはなんなのだ」

気にはしたが、氷塊を溶かすために炎を広げた。

だが、氷塊は溶けだす様子はなかった。

「ミカ……ルコオリトカスオマ……ムリ」

そう天使に言われると、

「無理と言われると、意地でも溶かしたくなるな。その、ミカ何とかが作ったのか？　それがおまえらの親玉か？」

「ミカ……ルダイテンシツヨイ」

「オマ……ヨワイ」

「あぁ、なんだかムカつくな！　無理かどうか、見ていろ」

と言うと、天照の髪が太陽の色に変化し始めた。

「我が炎は、太陽の炎！　氷如きに屈するほど甘くなどないわ！」

天照の手のひらから出る炎は、先ほどと比べると遥かに小さかった。だがそれは炎というより、光に近い輝きを放っていた。そして確実に氷塊の表面が僅かに溶けだすのが分かった。

天使達も「オオコレナラククラマ……ルデル」と期待した眼差しに変わった。

先ほどから、クラマがどうとか気にはなっていたが、天照は氷を溶かすことに集中していた。

ミカエルは、この氷に温度低下のトレンドを付加していたため、少し気を抜くと、自己修復的に再生していくためだ。

溶かし始めて半日が過ぎようとした時、やっと三分の一ほどに差し掛かった。

途中から、氷の中に何か人影が見えてきた。その人影に辿り着くまで、まる一日が経過していた。

途中、何度か人影を焦がしそうになりながら、やっと取り出せそうになると、二人の天使達はその人影の主を引き出すことを始めた。

人影の主は、背中に翼を持っており、美しい容姿の持ち主だ。

二人の天使はしきりに、

「クラマ……ル！　クラマ……ル！」

と揺すりながら声を掛けていたが、意識はまだ戻らない。

天使達がクラマエルを引き出した後も天照は、手のひらほどの炎で、残りの氷を溶かし続けていた。本来は、もっと炎を出すこともできるのだが、これ以上の炎は、周囲の森の木をも焼失させる恐れがあるため、迂闊に炎を大きくできないのだ。

氷を完全に溶かすのに二日経ち、ようやく氷の自己修復も進まなくなった頃、周囲も今の季節に相応しい気温を取り戻した。

クラマエルが意識を取り戻すと、下級天使の拙い言葉から状況を理解した。

クラマエルが天照に礼を言うと、

「何を勘違いする。俺は村人が困っていたから、氷塊を処分したまでのこと。おまえなど助けるつもりはなかったわ」

と、愛想のない返事をした。そして、興味がないと言いながら、クラマエルの素性を聞くと、

「ここでは、人ならざるものの力を持つものは皆、神と呼ばれる。おまえもただの天の使いではなく、神に近しい力を持っているようだな。天使ではなく、神として生きろ」

そうは言ったものの、その美しさに多少の嫉妬があったのか、

「そうだな。天の狗《いぬ》で、天狗の鞍馬と名乗れ」

狗と言われ、クラマエルは怒るかと思われたが、意外にも素直に、

「助けてもらったうえに、新たな名を貰い、感謝する。この恩は、いつか必ずお返しします」

と、下級天使を連れて去って行った。

そして、鞍馬が住む山は、いつしか鞍馬山と呼ばれ、下級天使も少しずつ集まり、天狗の住む山と言われるようになった。


その噂を聞き付けてか、やって来た影があった。

「クラマエル様」

鞍馬が呼ばれた方を見ると、そこにはよく見覚えのある顔があった。

「おまえは、クロウェル。堕天し、天界から行方知れずになったと聞いて、心配していたが、こちらに来ていたのか」

そう呼ばれたのは、他の白い天使達とは全く逆の、黒い天使だった。

「無事で何よりだ。私は今、天使ではなく、鞍馬天狗を名乗っている」

クロウェルもその黒い容姿ゆえ、人々から鴉天狗と呼ばれていると、鞍馬に言った。

「そうか。では鴉よ。私はどうしても天界に帰らねばならぬ。やることがあるのだ。だが私が地上界に出てきた時のことを覚えておらず、どこから帰ればよいか分からぬ。小天狗どもの言っていることに統一性がないため、当てにならないのだ。おまえは知らないか?」

　その問いに鴉は、

「大江山の北側にあるゲートが天界と繋がるヘブンズドアとなっております。この地上では玄武門と呼ばれ、鬼神達が門番として立ち塞がっており、開けようとすれば、容赦なく排除しようとしてきます」

　鴉は、鞍馬に嘘をついていた。

　もちろん、天界に繋がる門は、大江山上空にある銀鷲門《ぎんしゅうもん》である。鞍馬はこの門を出てきた時、ミカエルの氷によって封じられていた。そのため、その間の記憶がなかった。

　それを知ってのことか、自分の都合のいいように利用したのだ。

鴉天狗

鴉は、天界で天使であった時、クロウェルと呼ばれていた。能力に秘められた言葉は、光であった。それはすべてを照らし出す光であり、心に抱える影さえも露わにすることができる、変わった力だった。


ある時、様子のおかしいミカエルの心をそっと覗いてしまった。

それはアークマスターに対する不満、ルシフェルに対する嫉妬の心だった。その、天使たりえぬ心を覗いてしまったため、クロウェルの心にも、影が突き刺さってしまった。

今までの天使の瞳に、影を落としたクロウェルの瞳を見たミカエルは、自分の心を覗かれ、見透かされたことに気づいてしまう。

アークマスターとの謁見を終えたクロウェルを待っていたのはミカエルだった。

自分の心の闇を言い訳したかったのか。それとも、それに気づいたクロウェルを消し去りたかったのか。

そのどちらともなのかと思いつつ、

「クロウェル、貴様私の心を覗いたな」

ミカエルの問いに、

「さて、何のことでしょうか」

不気味な笑みを浮かべ、ミカエルを見返した瞳を見た時、私と同じだ！　と感じ取った。

「ふっ、惚けてもしょうがないですね。あなたの心を見てしまった私も、心に闇を背負ってしまった。あなたの闇が、私の心を侵食したのだ。私は先に行って待ってますよ」

クロウェルの言葉にミカエルは、「先にとはどういうことか」と聞くと、

「さあ、どういうことでしょう。ただ、あなたはいずれ、私の後を追ってくるでしょう」

そう言うと、クロウェルの白い肌と白い翼は、黒色に変色してゆき、全身が真っ黒な天使へと変貌した。

「堕天したのか……」

「そう、これがあなたの心を覗いてしまった者の運命なのでしょう。あなたの堕ちる時を待ってます。いずれまた」

そう言うと、神殿の外に飛び出し、雲の下に落ちて行ったのだ。

残ったミカエルは、

「私が堕ちる……そんな時が来るはずはない」

自分を奮い立たせるように、自らに言い聞かせ、アークマスターのもとへと向かった。

クロウェルが向かった先には、ゲートがあった。天界には大地がない。見渡す限りの雲海に、アークマスターの神殿はあった。その雲海の遥か深くに、ゲートがあるのだ。

クロウェルが導かれるように進み入った先は、魔界。

そして、その魔界から、地上界の玄武門へと出てきたのだ。

雷神の雷凰

大江山の遥か上空の門で血に染まって項垂れていたのは、ルシフェルだった。

その力の大きさゆえに、扉の隙間から抜け出ることができずにいた。

「クラマエルよ、よくぞ無事で」

「ルシフェルが遣わせた天使達が側にいてくれたおかげだ。今は、天狗の鞍馬と名乗っている。だが、何故ルシフェルがこのようなところに」

と言いながら、ルシフェルの身体を引き出そうとしたが、どうしても動かない。

「ミカエルにやられましたよ。それより今はここから抜け出すのが先、私の腕を切り落としてくれ」

そう言われた。確かに能力が落ちれば、抜け出せるかもしれない。だが、ルシフェルの様子から、これ以上のダメージを受ければ、その命に危険が迫るのではとの不安が大きかった。

「迷うことはない。このままいても埒が明かぬ、さぁ頼む」

そう言われ、意を決して左腕を切り落とした。すると、先ほどまでピクリとも動かなかった、ルシフェルの身体が、急に滑り出した。

鞍馬は即座にルシフェルを追おうとした。その瞬間、扉の隙間から何者かの手が伸びた。

その手が鞍馬の腕に触れたが、捕まえられることはなかった。

扉の向こうからは、

「チッ、逃してしまったか」

その瞬間鞍馬は、忌々しい天界でのことを思い出した。

その聞き覚えのある声に、「ミカエル！　貴様か！」と扉の向こうにいる者に叫んだ。

だが、その返事は返ってくることはなかった。

奴のせいで遅れてしまったと鞍馬は、急いでルシフェルを追った。

遥か下では、落ちてきたルシフェルを掴まえようと、子天狗達が集まっていた。だが、掴まえるどころか、一匹の子天狗を巻き込んだまま、地上に落ちてしまった。

ルシフェルが落ちた先にいたのは、茨木童子だった。

「幾日か前から、私に視線を投げつけていたのは、あなただね？」

近づくと、お互いの間に電気が走る。それは、電気による意思の繋がり、心地よくお互いの意思が交換されたかのような感じを受けた。

ルシフェルはもう殆ど意識を失いかけていたが、茨木童子はこの一瞬でこれから何をすべきかを理解した。

酒呑童子が、風神と呼ばれるのを拒否して、朱天童子という、風神として相応しい者を見つけたように、自分もまた、この天使ルシフェルに雷神と呼ばれるべき存在になってもらうべく、ここにいるのだと。

茨木童子は、小太刀を取り出すと、自らの左腕を切り落とした。そしてルシフェルの左腕の傷に自らの腕をつけ、電撃で焼き付けた。ルシフェルの出血を止めるために、自らの腕を提供したのだ。

茨木童子は昔、月読に会い言われたことがある。

「あなたの左腕は、ある戦いの時に切り落とされるでしょう」

そのことがふと頭に浮かび、どうせなくなる腕ならと、自らの意思でその時を決めたのだ。

ルシフェルの出血は止まったが、失った血の量で意識を失い、瀕死の状況である。

茨木童子は、自らの左腕の傷口に口を当て、血を含んだ。そして、ルシフェルの唇に口を当てると、その血を飲ませた。

それを幾度となく繰り返し、ルシフェルの顔に血の気が戻ってきた。

鞍馬は、ルシフェルの落下した場所をようやく見つけ、近づくとそこには意識を戻したルシフェルと、息絶えた茨木童子がいた。「ルシフェル」と鞍馬が声をかけると、

「この鬼神に助けられたのだな。この恩は返さなくてはなるまい」

振り向いたルシフェルの左の額には、鬼神の証である角が生えていた。

「この者は、私に雷神になれと言った。ゆえに私は雷神として、雷凰と名乗ろう」

雷鳳は須佐之男のもとへと行き、茨木童子との経緯を話した。

「命を救ってくれた茨木童子には、大変感謝している」

そう言ったが、元々同族である鞍馬のことを気にかけて、鞍馬山に住むことを伝えた。

それと、天界での出来事を語り始めた。


鞍馬とミカエル、天界での唯一神アークマスターとなったノストラのことを説明して、天狗達が、異界の門を開けようとしていた理由をこう説明した。

鞍馬は天界に戻り、ミカエルのわがままを咎めようとしていた。だが、天界からこちらへ来た時の記憶が曖昧で、天界に通じる門は、北の玄武門だと思い込んでいたこと。それを開けて、ミカエルの暴走を止めに行こうとしていたこと。そして、私が伝えた新たな情

報で、元のアークマスターの行方を心配している。

「新たに唯一神となったノストラは、人間に憎しみを抱いています。簡単には能力の高い天使を、地上に送り出すことはできないでしょうが、注意が必要かと」

そう言って、鞍馬山へと行った。

鬼の討伐

都では、帝の命により、鬼神討伐の準備が進められていた。

討伐隊の大将である頼光、そしてその部下達の綱、金時、貞光、季武の五名であった。

帝は、前哨戦だと料理を振る舞った。

酒と主菜の肉が出されると、皆、夢中で飲み食いをした。

「この肉は何の肉だ？　美味いな」

「このように美味い肉は、喰ったことないわ」

と、骨の付いた肉にかぶりついていた。帝が、

「このたびは鬼どもを始末してもらわねばならぬのでな、精を付けてもらおうと、特別な肉を用意したのじゃ。食えば、神通力が備わるという、河童の肉じゃ」

帝がそう説明していたが、どうも貞光の様子がおかしい。肉を口にしたまま、動かなくなっている。

貞光は以前、須佐之男のところに勅命を伝えに行った後、何故か老人のような外見になって戻ってきたのだった。なんとか正気は保っていたものの、とても鬼神討伐に向かえるとも思えない様子だった。だが、このまま負けてはおれんと、討伐に参加しようとしていたが、河童の影響が強すぎて、身体が耐えきれずに、そのまま絶命していたのだ。

そしてその奥で肉を喰っていた季武の様子にも変化が見られた。季武の方は貞光とは打って変わって、ガタガタと全身を震わせ、奇声を上げ出した。見ると、身体が二倍ほどに膨れ上がり、怪物のような形相でこっちを睨んできた。

次の瞬間、隣に座っていた貞光を薙ぎ倒し、金時に襲い掛かってきた。驚いた金時は仰け反り、背にした戸を突き倒し外に転がり落ちた。季武の視界から金時がいなくなった瞬間、見えたのは、太刀を水平に一閃振り抜いた綱の姿だった。季武の首は胴から離れ、床に転がり落ちた。

金時が転げ落ちた先は、中庭になっており、大きな池があった。その池には、檻があり、半身を水に浸した人影があった。

綱が、外に出て姿がはっきりと見えるところまで来ると、長い黒髪をした色白の女が裸のままでいた。額には、透明な皿が付いていた。

「河童の皿は頭の上でなくて、額に付いているものだったのか」

そして容姿が人とは完全に違うのが、腰から下が魚の鱗になっていて、足先は、魚の尾びれだ。

「気に入った。帝よ、鬼の討伐がすべてうまくいったら、この河童を俺にくれるか？」

綱はこの河童を気に入ったらしく、討伐の褒美として要求した。

帝も、笑いながら、須佐之男の首を持って帰れば、くれてやると約束したのだった。

それにしても、河童など珍しいモノを、私の知らないうちにどうやって手に入れたのかと、頼光は首を傾げていた。


この三名は、河童の肉を喰ったことによって人間離れした技と力を手に入れた。

特に綱は、他に類を見ないほどの剣技を得たのだった。元々剣の腕を見込まれ、八岐大蛇から出た太刀を授かり、彼の愛刀として髭切と呼ばれることとなった。

金時は、力自慢に加え更なる怪力を得、その力は鬼神とも互角といえるほどになった。

貞光と季武は、河童の肉と合わなかったために、命を落とすことになった。

頼光も内心では、自分もどうにかなってしまうのではないかと心配で仕方なかった。

この鬼神討伐は一見、帝からの一方的な勘違いから発展した鬼神討伐に見えるが、何者かが裏で帝を操り、河童を提供して、戦いになるよう仕向けていた。

月読は、帝のもとを去る前に、違和感を覚えていたが、鬼神討伐自体、アカシアの書にも記載されていたことなので、そのことには気づかなかった。

三人の武将は、二手に別れ大江山を目指した。頼光は大江山の東側から。綱と金時は南側から、山に進軍した。

先に山の入り口にある門に辿り着いたのは、綱と金時であった。

金時は怪力で、増長天と手合わせをしてみたいと思っていた。ところが肝心の増長天は相手にもせず、仏頂面で、微動だにしない。

「我らは、帝の命で鬼神討伐に来たのだ。ここで開戦としようぞ」

金時は、相撲のように四股を踏み、増長天に向かって突進した。

衝突して驚いたのは、金時だ。増長天は、そこから一歩も動くことなく金時を片手で止めたのだ。そして、

「我らは、人と争う理由は何もない。早々に立ち去るがいい」

と、言うと金時を突き放した。

「私は、この門を護るため忙しいのだ」

と、また仏像のように動かなかった。

ならばと金時は、

「では、その門、開けさせてもらう！」

そう言って、増長天の脇を抜け、門に触れようとした瞬間、金時の体はふわりと宙《ちゅう》に浮いた。次の瞬間には、天を仰ぎ倒れていた。「わはっはっ」と金時は笑い、

「わしが投げられたのは、何年ぶりか」

と喜んで、もうひと勝負と言い出した。だが、綱が、

「金時よ、これは遊びではないのだ。本気で行かねば、俺が殺る」

そう言うと金時も、

「分かった。では、増長天よ。本気で相手をするよって、覚悟致せよ。わしが勝ったら、そこの門は、破壊するにて」

そう言って、腰を落とし、両腕を握り締め地に付けると、驚く速度で突っ込んで行った。増長天も、先ほどとは幾段も力が上がった金時の突進に、本気で堪えたが、五尺ほど押し切られた。

「そらそら、どうした後がなくなったぞ」

金時と増長天は、互いの両掌を組み、力比べになっていた。互いの腕が相手の腕力に負けじと、筋肉は肥大し、血管が浮かび上がる。両足もまた、押し負けぬように地面を掴み、

踏ん張って、その両腕両足を支える胸筋、腹筋、背筋が限界まで緊張していた。

増長天の顔は歯を食いしばり、鼻から血が出ていた。それに比べ、金時は勝負を楽しむかのように、うっすらと笑みを浮かべているかのように見える。

「何故、人が鬼神と同等の力を持っている」

唸り声のような声で増長天が言う。

「どうかな、勝負に勝ったら教えてやらんこともない。しかしこれが同等と言えるのか。それ以上だろう」と金時は余裕で答え返した。

金時が増長天と勝負している間に、綱は門の前に来ていた。

「鬼神達が護るこの門はなんなのだ」

綱は、扉を押したが、全く動かず開く気配がなかった。

増長天は金時に押されながらも、

「その門は、開けてはならぬ！　開ければ大変なことが起こる」

そう叫んでいた。

綱は、扉が開かぬので、髭切りを鞘から抜いた。

「この扉、切ってしまえばどうなるか」

「ふぬっ」と一振。あまりに手応えがなく、間合いを見誤ったかと思うほどだったが、刃は確実に扉に届いていた。すると、門の上半分が右から左へ滑り落ちた。

門の扉を切るつもりが、門柱ごと切ってしまったのだ。大きな音をたて、門が崩れ落ちた。

金時が唖然として門を見たが、我に返り増長天に対峙し直そうと、前を見ると、増長天の上半身は、切り落とされ、足元に転がっていた。

そのことに一番驚いたのは、増長天自身だった。

「あの門は、私自身だったのか……」

そう言って、増長天は木彫りの仏像のように動かなくなってしまった。

「おやおや、大変なことになるのは、おまえさん自身だったようだな」

綱は、意外な展開に半分驚き、半分笑いながら言った。

金時は、最後まで勝負したかったが、獲物を横取りされ、怒っていた。だが、綱には逆らえず、他に力自慢の鬼神はいないかと、大声で叫んでいた。

その頃、もう一方の、頼光も東の門に辿り着き、持国天と対峙していた。

「我は、頼光。帝の命により、貴様ら鬼を討伐に来た」

そう言うと刀を抜き、持国天に切っ先を向けた。持国天は、

「俺は、門を護っているだけ。それ以外に興味はないね。通りたければ通ればいいし、面倒なんで、俺のことは無視して構わんよ」

拍子抜けした返事に、名乗りを上げた頼光も戸惑い、しばらくの間沈黙があったが、

「なっ、ならばここを通らせてもらおう」と頼光は進み出した。

持国天とすれ違う時に、

「期待外れだったか？　我々四天王はそれぞれの門を護るのが使命。それ以外は、正直どうでもいいのよ」

その時、遠くから何かが崩れる音が聞こえた。

「あらら、増長天がやられたようだな」

持国天は、増長天の死を察知しても特に動じることなく、門を開放しなかったのだから、十分役目を果したと、手のひらを三度叩き、賞賛を送った。そして、それを呆然と見ていた頼光を見ると、

「ありゃ、まだいたのかい。用事があるのは中腹の屋敷だろ」

と、山の上を指差し、頼光に向かい面倒くさそうに言うと、門の柱に寄りかかり寝に入ってしまった。

それを見た頼光は、こんな隙だらけの鬼神ならば、首を取れるのでは、とそっと戻って

きた。

「まだ何か用か？」

持国天が呟いた。目を開けると、大鎌の刃が喉元に添えられていた。

「よく気づいたな」

頼光が言うと、

「今度は死神の鎌を突き出して、殺気が漏れてるぜ、それにしても何故、俺達の首を取りたがる？」

持国天が言ったが、

「この大鎌は本来、貞光のもの。あいつは貴様らに殺されたようなものよ。この鎌に貴様ら鬼神の血を吸わせなくては、あいつも浮かばれぬ。それだけが理由ではないが、死に行く者にその理由は必要ないかと」

大鎌の刃が首を落としたかと思われた瞬間、持国天は素早く身を落とし、間合いから外れた場所に立っていた。

「ほう。私の気配に気づいただけでなく、刃をかわすとは、鬼神もなかなかのものか」

「そりゃどうも」

持国天の首には、うっすらと血が滲んでた。

「おまえさんこそ、人のくせに鬼退治などと、自信がおありのようで」

持国天は腰にあった剣を抜いた。

「そうでなければ面白くない。覚悟せよ！」

先に踏み込んだのは、頼光だった。持国天は、相手の出方をよく見て刃を捌いた。

「おまえさんといい、増長天を倒した者といい、鬼神相手に引けを取らぬとは、人とは思えないな。人の皮を被った化け物か？」

頼光は、大鎌を振りながら、

「知りたいか？　だが知ったところで、死に行く者にとって意味はあるまいて」

「いや、死ぬのはおまえさんの方だろ」

剣さばきは、持国天の方が勝っている。大振りになりがちな大鎌に対して、持国天の剣は、片手持ちで短めの剣だ。小回りの効く分、持国天が有利となっていた。

頼光が大鎌を振り抜いた瞬間、持国天は間合いを詰め、頼光の懐に入った。

「勝負ありのようだな」

持国天は、剣をもう一本取り出し、頼光の首を目掛け突き出した。

ところが、その剣に鎖が巻き付き、首の寸でで止められてしまった。よく見ると、大鎌の柄の部分の下半分が縦に割れ、中から分銅付きの鎖が出てきたのだ。分銅は鎌を振り抜いた反動で持国天の剣に絡み付いたのだ。

頼光は鎖を引き戻すと、持国天の剣を奪い、自分の背後へと投げ捨てた。そして、鎌を左手に持ち替え、右手で分銅付きの鎖を頭上で回転させ、隙を窺った。

「やっぱり、やめだ！」

持国天が言うと、霧のようにフッと身を隠してしまった。

「お仲間の仇打ちとか、辛気臭いんだよ。正直そういうのに関わりたくないね」

とどこからか声が聞こえてきた。

頼光は、「隠れるとは卑怯な！　出てこい！」と叫んだが、返事は返ってこなかった。

須佐之男は、南の門が崩れたことで、異変を察知した。山の中腹にある鬼神達の屋敷から南の門まではかなりの距離があるが、巨大な門が崩れた音は、遠雷のようにここまで響き渡った。一瞬、天狗の襲撃によるものかと思ったが、雷凰が現れたことでそれはないと考えを改めた。

しかし、誰が？　何故？

「だが、妙だ。門は閉じたままだな」

そう言うと、同時に、

「俺達が行こうか？」

須佐之男のもとに前鬼と後鬼が現れた。

須佐之男は、前鬼に南の朱雀門へ。後鬼には西の白虎門へ向かうように言うと、二鬼は音もなく消えるように立ち去った。

敵の目的が開門でないのかと考えたが、まだ分からない。自身が下手にここを動かないことがよいと感じていた。

実際、鬼神の誰かは必ず屋敷にいなくてはならない。天にある第六の門を見張るためである。天の銀鷲門を守護するのは、帝釈天である。いや、であったが正しい表現だ。今はいない帝釈天の代わりに、屋敷の真上にある銀鷲門を常に監視していたのは、茨木童子だった。

だが、今はその茨木童子も亡く、須佐之男も簡単に屋敷を離れることができなくなってしまった。

二鬼が出てしばらくすると、屋敷に来たのはなんと綱と金時だった。須佐之男は、直ぐに綱の持っている太刀を草薙だと認識した。

まさかと思い、

「先ほど出て行った、鬼神に出会わなかったか？」

「会うなり、名乗りもせずに、質問とは……」

言いかけた金時を遮るように、綱は、

「南の門からここまで、何者にも会わなかったが」

そう言ったが、一振りで切り捨てた鬼など、いなかったに等しいと思ったのであろう。

「それはそうと、おまえ達が増長天を倒したのだな。私は鬼神の頭領で、須佐之男という。増長天の無念は、晴らさせてもらおうか」

「こちらにも、斬らねばならぬ都合があるのでな。帝より鬼神討伐の勅命により相参った。首を大人しく差し出されよ」

そう綱が言うと、たん！　と踏み込んで太刀を横に振り抜いた。

須佐之男は、半歩後ろに下がり、太刀の間合いをギリギリでかわした。

そのつもりであったが、首からぶら下げていた胸の飾りが、カシャリと音をたてて足元に落ちた。

「草薙をもって挑んで来るとは、帝も乱心したとみえる」

「その原因は、貴様ら鬼達であろう」

須佐之男は、壁に掛けてあった剣を取り、綱とは逆方向の戸から屋敷の外に出た。

新たな天使

天界では唯一神アークマスターとなったノストラが、地上界を殲滅するための準備が行われていた。

まず、必要となったのが、アークマスターとなったノストラ自身の肉体である。ノストラは天界へ来て、そのままアークマスターとなったため、地上界へ直接干渉ができる肉体を持っていないのだ。


ミカエルは、システムアダムに新たな天使の設計をしようとアダムの起動を試みたが、ルシフェルがいなくなった後の使い方が悪かったのか、アダムは死んでしまっていた。

ただ、システムイヴには、設計データをが投入されていて、まだ産まれてこない天使がいた。それは初期の設計であったものだが、何故か魂が宿らないまま、イヴの胎内に留まっていたのだ。

だが、今となっては逆にそれが好都合だ。

アークマスターノストラ自らがシステムイヴに入り、新たな天使と融合して誕生した。イヴから産まれた天使は、産まれたての赤子のようだが、みるみる成長し、数分で成熟した肉体の天使になった。

「この感じは、まさしく最強の天使。私は天使の王ライエル。世界の破壊者だ！」

銀鷲門の門番

増長天と金時が戦いを始めた頃、朱天童子は天空にある銀鷲門《ぎんしゅうもん》にいた。

朱天童子がまだ朱角だった頃、一度だけ酒呑童子に連れてきてもらったことがあった。空気が薄く、風の階段を作るのに苦労したが、どうしてもここからの景色を朱角に見せたいと言い、連れてこられたのだった。

昼間だというのに、空は暗く、逆に下の方が青々と光っていた。

「この銀鷲門の守護者は、帝釈天と言って、ワシの親友じゃった。ある時、奴に会いに来ると、奴はどこかに消えてしまっていた」

今までは閉じてた門の扉が少し開いていて、もしかしたら扉の向こうの世界へ行ってしまったのではないか、と。

そんなことを聞かされたことを思い出していた。

しばらく黄昏ていると、何者かの気配を感じ始めた。この周囲には、誰も見える範囲にはいないというのに、その気配は徐々に増すばかりだ。

「……ドウジ……シュ…ジ」

誰かが呼ぶ声が、微かだが聞こえてきた。

「じいさん」

ふと、声の聞こえる方を向くと、期待した鬼神ではなかったが、それと似た風貌の鬼神がいた。しかし、いるとも言えるのだが、いないとも言える。その鬼神は何故か、半透明で今にも消えてしまいそうなほど希薄な存在だった。

「幽霊?」

そう朱天童子が聞くと、

「いや、そうではない。酒呑童子よ、私を忘れたか?」

声の主はそう返した。

「じいさんと、勘違いをしているようだが、俺は朱天童子。見た目も、だいぶ違うと思うが」

「それは失礼した。こちらから見ると、旧友にそっくりだったので、つい声をかけてしまった。私は、帝釈天と申す者」

その名を聞いた朱天童子は、自分と、酒呑童子のことを、帝釈天にすべて伝えた。

「そうか、酒呑童子は逝ってしまったか。だが、お主を酒呑と間違えてしまったわけも納得した」

「それはそうと、あなたは何故この銀鷲門を離れ、そのような希薄な存在になったのか」

と聞くと、

「いつも扉の中から、出たいと言ってくる天使がいて、よく出してやってた」

出てきた天使は、人々の有益になる行いをするので、扉を開けこちらに来ることを許していたのだった。

「だがある時、それまでとは違う強力な天使が私を門の中へと引き込んだのだ。私が門を少しだけ開いた途端腕を引かれ、向こうの世界でもなければ、こちらの世界でもない、次元の狭間に落ちてしまったのだ」

そのまま、どうすることもできず、閉じ込められたままになってしまったのだと話した。

「今、あなたは次元の狭間とは言え、銀鷲門の側にいるではないですか。門をくぐり抜け、帰ってこれないのですか?」

そう尋ねたが、

「周りはすべて闇ばかりで、こちらに来て以来、見えたのはおまえだけだ。ここから二度と出ることはできないと分かっている。最後におまえに会えて良かった。酒呑童子のこと

「も知り得たしたし、思い残すことはない」

　そう言うと、二度と帝釈天が言葉を発することはなくなった。そして、今まで、辛うじて見えていた、帝釈天の姿が消えてしまった。

それと同時に、一瞬だが、銀鷲門の扉の隙間から白い翼が見え、

「キャッキャ、イイモノミタ」

そう聞こえたような気がした。

「帝釈天よ」

朱天童子は、返ることのないと分かりながらも、呼ばずにはいられなかった。

天使達の来訪

「ミカ……ルサマ、クロウ……ルノオカゲゲカイノトビラヒラク」

「どうしておまえら下級の天使は、エの発音だけ抜けるのだ。全く苛つくな」

だが、下級天使の報告を聞くと、ミカエルの機嫌は回復した。

「クロウェルも少しは役に立ったようだな。これでようやく扉を抜けることができる。アークマスターの、いや、ライエル様の野望を達成することが可能になる」

帝釈天が完全に消えてしまった今、門番の意思がなくなったことにより、扉の開閉が自由にできるようになってしまったのだった。

「さて、地上界の帝とやらの洗脳も上手くいったようで、地上で厄介と思われる鬼神の討伐隊も動き出したようだな。こちらも、人が持っているという、王の証エクスカリバーと、神器天叢雲を回収しに行くとするか」

ライエルは、地上を殲滅するために、アカシックレコードに書かれていた地上界の力の象徴とされているものを集め、絶対的支配者であることを人々に知らしめようと考えていた。

ミカエルとガブリエルには、天叢雲をウリエルとラファエルにはエクスカリバーをそれぞれ持ち帰るようにと、指令が出された。

銀鷲門が急に開き始めた。今までは誰かが押しても、全く動くことのなかった扉が開いたのだ。

側にいた朱天童子は、何事かと門の中を覗こうとした。その時、鼻先を掠めるように、美しい翼を持った天使が四人飛び出してきた。

二人は、遥か西方へ。もう二人は、ほぼ真下へと下りていった。朱天童子は、

「今のは、天狗の鞍馬とよく似たモノ達だが、何者?」

直ぐに後を追おうとしたが、もう一人扉から姿を現し、

「鬼がこんなところで何をしている?」

と、こちらに向けて手をかざすと、朱天童子は立っていることができなくなった。急に身体が重くなり、門が建っている空に浮いた地面に、潰されるように倒れこんだのだ。

「貴様が誰でもよいが、鬼神は我々の敵だな。そこで潰れてしまえ」

そう言い残して、その天使は去って行った。

ミカエルとガブリエルは、朱雀門に向かっていた。アカシックレコードに、綱が持っている髭切りは天叢雲の別名である、と書いてあったからである。

ところが、綱が朱雀門を斬ったところを見ていたミカエルが、

「なんだあれは？　唯のよく切れるだけの太刀ではないか。あんなものに用はない。アカシックレコードもあてにならんな」

と周囲を見回すと、何かを見つけた。

それは、東の空から昇ってきた、月であった。

あそこから感じるのはと意識を集中した。

「この感じ、確かに神器。すると天叢雲は月にあるのか。ガブリエル、月へ向かうぞ」

「えーあんなとこに行くなんて、ムリだよー」

確かに翼で飛び進む天使には、真空の空は飛ぶことはできない。

そこまでのことを考えての返事か疑いはしたが、ミカエルは、ガブリエルに海水を持ってこさせた。多少余計に持ってくるだろうとは期待していたが、ミカエルは、右手で頭を抱えてしまった。

「いや、ちゃんと指示しなかった、私が悪かった。ガブリエルよ、必要なのは、その千分の一ほどでいい。残りは戻してきてくれ」

ガブリエルは、ミカエルの言葉に従い、残りの海水だけを球状にしたまま持ってきた。

そして二人は、翼で行ける限り月へと向かった。

かなりの高度まで来たところで、「これ以上は無理か」と言い、ガブリエルと共に水球の中に入った。

ミカエルは、水球の底面に手をかざすと、急激に海水に熱を加え始めた。熱せられた海水は、水蒸気爆発を起こし、強烈な推進力となり、月までの行路を進んだ。

天照は、妙な球体が近づいてくるのと同時に、鞍馬に似た気配を感じ取っていた。

月へと降り立ったミカエルは、ガブリエルに、残りの水球を維持するように言いつけると、天照のもとへと近づいてきた。

「こんなところにまで神がいるとは、地上界も辺鄙なところですね」

真空空間のため、音による会話はできないが、思念による接触がされた。天照も、

「あぁ、同感だな。こんなところにいても、何の役にも立ちはしない。来たついでに、俺もあの青い月に連れて行ってくれないか？」

「連れて行って欲しければ、おまえの持っている神器、天叢雲の剣を差し出すのだな」

「くれてやっても構わないが、連れて行くのが先だな」

交渉の会話が続いてはいたが、互いの視線と構えは、既に戦闘状態に入っている。

ミカエルは、右手をのばすと、ロンギヌスの槍を手中に出した。槍先を地面へ当て、岩石の一つを天照へ向けて打ち出すと、たちまち真っ赤に燃え上がり、溶岩の弾丸となった。

天照は攻撃に備え、天叢雲を左腕から取り出していた。そして、飛んで来た溶岩弾を、天叢雲の側刃で受け止めた。

天叢雲はその名のとおり、雲が叢る剣である。溶岩弾を受け止めた側刃には、近くにあったガブリエルの水球が雲になり、引き寄せられ、水滴が付着していた。溶岩弾がそれに触れ、水蒸気爆発が起きた。

舞い上がった岩石や塵で視界が遮られたことによって、ミカエルは天照を見失った。

「面白い攻撃を見せてもらったよ」と、天照はミカエルと同様に月面の岩を砕き、打ち出した。それに炎を纏わせると、溶岩弾となり、ミカエルを側面から襲った。

顔と翼、腕に被弾したミカエルは、クゥゥと驚きと怒りをあらわにした。

天照は、「あんたが、同じような能力を使うんで、真似させてもらったよ」と、もう一度溶岩弾を連弾で飛ばしてきた。

「同じようなだと、冗談言ってもらっては困るな」と、ミカエルもまた石を打ち出した。

それは天照が飛ばした溶岩弾にすべて命中し、相殺してしまった。

ミカエルが飛ばした岩石が、ただの岩石なら一緒に溶けて、ミカエルに向かうはずだったが、その場に落ちた溶岩弾を見て驚いた。ミカエルが飛ばした岩石は、絶対零度の弾丸で、天照の溶岩弾と当たった瞬間、凍りついたのだった。

「貴様は、炎を操るようだが、私が操るのは温度そのものなのだよ。だから一緒にするなと言ったのだ」

ミカエルは、絶対零度の冷気をロンギヌスの槍に込めて、天照へ渾身の一撃を放った。

絶対零度のロンギヌスは、天照の炎でも溶かすことができずに、胸を貫く。はずであったが、胸を貫かれたのは、ミカエルの方であった。

自分の胸に刺さった天照の腕を見て、血を吐いた。

「貴様が鞍馬を凍らせたミカなんとかか。おっと血を吐くのは構わないが、言葉は吐く必要はないぜ」

もはや話などできる状態ではないと知りながらの台詞だ。

「須佐之男と閻魔天にやられて、俺もうんざりなんでね。初めから本気で殺らせてもらうことにしたよ。貴様の〝しょぼい〟炎と、俺の炎の違いが分かるか？　貴様のは所詮、分子運動を操った程度の炎。俺様のは、太陽の炎。核融合によって出る炎だ。しかもここなら周りを巻き込むこともないので、出力全開でいける。絶対零度だろうと、槍の一本など取るに足らぬ」

天照は、天叢雲を振りかざし、ミカエルの首を狙った。

それを遮るように、天照を水が包み込んだ。ガブリエルだ。

「天叢雲は、常に水を引き寄せるから、私と相性がよいのね」

と、水を操るのと同様に、天叢雲を天照の手中から、ガブリエルのもとへ引き寄せてしまった。

ミカエルは、意識を失う寸前に、天照を包んだ水を、一気に絶対零度まで下げた。

意識を失ったミカエルを掴んだガブリエルは、水を一方向へ一気に噴出させ、月から離脱したのだった。

「ミカちゃん、ボロボロだ。負けちゃったね。でも、天叢雲は取ったよ」

と、嬉しそうに話していたが、ミカエルの耳には届かなかった。

天照が、氷を溶かし抜け出すと、

「いい運動になった。さて、どうやって、剣を取り戻すか」

するとそこに、先ほどまでいた天使と似た、見覚えのある者が下りてきた。

「そんな呑気なことを言っていていいのですか。久しぶりです、天照よ」

それは鞍馬だった。

「ミカエル達が、月へ向かうのを見て、後を付けて来ました」

鞍馬はなんと、ミカエル達が噴出した水蒸気を、時間を止めて空間に固定し、それを足場に移動したというのだ。

「流石に疲れましたが、あなたに、恩を返す絶好の機会だと思いまして」

簡単に言っているが、鞍馬にとっての移動時間は、年単位で数えるのが正解と言える。それほどのことをやってここまで来たのだ。

「俺がここにいると、よく分かったな」

「月を見上げるご婦人に聞いたのです。あそこに、太陽の神がいると」

「月読か。余計なことを。だが、こんなところまで来て帰る算段はあるのか?」

鞍馬によれば、時間を止めた世界は、重力が働かないので、その間に月の重力圏から脱出すればよいということだった。

天照は、鞍馬と共に時間の停止した世界に入り、炎を推進力として月からの脱出に成功したのだった。

ラファエルとウリエルは、さほど手こずることもなく、聖剣エクスカリバーを手にした。

「力のない人間程度の相手では、物足りない」とラファエルはそこからさほど遠くない場所で、神を名乗るモノと戦闘になったが、エクスカリバーを振るった天使には、到底敵わず、敗れ去った。

ライエルは、天使達が天叢雲とエクスカリバーを持ち帰るのを、大江山の山頂で待っていた。

「人魚を喰った人間どもも、よくやってるな」

頼光達を見て、呟いた。

ライエルは、地上界を殲滅する上で、この地の鬼神達は必ず我々の障害になるとして、最初に叩かなくてはならないと考えたのだった。

何故、異界とのゲートがこの地に集中しているのか。そして、ゲートと人を守護する鬼神が邪魔なこと。

そう考えて、鬼神討伐を人を使って先攻させていたのだ。

まず、帝を洗脳する天使を送り込み、鬼神に対して疑心を持たせた。

家臣である頼光達五人には、人魚（人間達は河童と呼んだ）を喰わせ、人ならざる力を得させた。そして、鬼神討伐を行わせ、増長天を倒し、今に至っているのだった。

綱と戦っている須佐之男は、今は髭切りと呼ばれる草薙の太刀の切れ味を、よく知っている。今、自身が使っている鬼の剣では、全く切り傷一つ付けることのできなかった八岐大蛇の首を、あっさりと切り落としてしまうほどの切れ味を、自分自身で体験していたからだ。そのため、綱の撃ち込みをまともに受けず、剣筋に対しできるだけ平行に刀身に当て、躱し続けているのだった。

綱もこの躱され方には苛立ちを覚えた。

「えぇい！　よくもさらりさらりと躱してくれる！」

縦に撃ち込んでも、横に薙ぎ払っても、須佐之男は撃ち込みを受けず、髭切りの刃に触れぬように側刃を撫でるようにして、剣筋をずらし、隙ができるまでひたすら堪えた。

綱の後ろで見ている金時も、激しい綱の撃ち込みに、手を出す余裕はなかった。もし、下手に踏み入れれば、自分も一緒に切り落としてしまうことが考えられた。いや、自分が入り込むことで、須佐之男に隙が出るならば、確実に一緒に斬ってくるだろう。綱がそういう男だと知っているがゆえ、尚更入り込めなかった。

金時が側に生えている楢の木を引き抜き、須佐之男に向かって、投げようと考えた時、膠着状態に楔を入れたのは、般若だった。

「手を貸そうか?」

そう言って彼女は、須佐之男と綱の間に割って入ってきた。

綱は、突然目の前に現れた女の鬼神に動揺したが、切り掛る相手を替え、襲い掛かった。

だが、何度太刀を振っても、すべて躱されてしまうのだ。須佐之男は、

「ここは大丈夫。北の玄武門にはまだ誰も向かっていない。そっちを頼めるか」

般若の身のこなしは、尋常ではなかった。綱の打込みを躱しながら、須佐之男と会話をし終えると、ササッと消えてしまった。どこかへ向かったはずだったが、一瞬間を置いて、金時の目の前に現れた。

「君は力持ちみたいだけど、御館様を邪魔するようなことをしてはダメだよ。あれで楽しんでいるみたいだしね」

そう言う般若に、金時が掴みかかった。だが、何をされたか分からぬ間に、金時は宙に浮き、地面に叩き落とされていた。「相手を投げるのは、相手の力を利用すると、こんなこともできるのよ」と、般若は去って行った。

金時も、やられてばかりでは、と般若を追いかけた。般若は、須佐之男のもとから金時を遠ざけるために、わざとちょっかいを出したのかもしれない。

須佐之男と綱の戦いに手出しされて、須佐之男が不利になっては困ると思ったのだが、そんな心配は、無用だったかもしれない。ついてくる金時を気にしながら、北の玄武門へと向かった。

須佐之男と綱の攻防は尚も続いていた。

刃を当てれば〝切る〟ことは確実にできるが、それを巧みにさせない須佐之男に、綱は焦りを感じていた。

須佐之男は、その隙を感じ取り、綱が太刀を振り抜いた時、鬼の剣を綱の頭上目掛け振り下ろした。

綱は、額を掠めながらも、その剣を左肩に受け、骨は砕けその腕も胴体からもぎ取られてしまった。膝を折り、草薙を持った右手で肩の傷を押さえる綱に対して、須佐之男は、「勝負はついた。仲間を失ったが、これ以上、人と争うつもりはない。帰って、帝にそう伝えよ」

綱はうつ向いたまま、肩を震わせていた。「くっくっくっ」と、綱の痛みを堪える声を聞いていたはずだが、何かがおかしいと、須佐之男は思った。切り落としたはずの、綱の腕が見当たらないのだ。

綱が、「くっくっぐぁっはっぐぁっは」と、奇妙な笑い声をあげると、先ほど、胴体から離れたはずの左腕は、元の場所に繋がっていた。

「流石よ！　河童の力！」

須佐之男は綱の言葉に驚いた。

「人が、河童の力を得たというのか」

「そうよ！　河童の肉を喰って、その力を我のものとしたのだ」

そう言うと、綱の太刀筋は、鋭さを増して襲いかかってきた。

須佐之男は、先ほどまでと同じく、側刃を滑らせるように受け流そうとしたが、受けきれず、鬼の剣に髭切りの刃を当ててしまった。

「相変わらず、使いにくい太刀よ。斬れ過ぎるゆえ、斬った感触がまるでないのも難儀よ」

須佐之男が握りしめていた、鬼の剣の薄皮一枚は、ゴトリと音を立て地面に落ちた。落ちたのが、薄皮一枚であったが、落ちたその音から、鬼の剣が如何に重いのかが分かった。

そんなものを軽々と振り回し自分の斬撃を躱し続けたのだから、金時が見ていたら、さぞかし嫉妬するだろうと、綱は思った。そしてこの化け物を斬ろうとしている自分も、化け物と化しているのに、笑いが込み上げてくる。

対決

朱天童子は、銀鷲門のある天に浮かぶ地面に倒れていた。それは、自らの意思ではなく、ライエルの不思議な能力によって、自力では立っていられないほど、身体が重くなってしまったのだ。それでも地を這い、空の地の端まで来ると、そこから飛び降りた。

朱天の身体は、その重さに比例するかのように、落下速度はとんでもなく速く、どんどん加速していった。だが、地上に落ちる直前で、風を操り、なんとか軟着陸することができた。

それを見ていたのは、ラファエルだった。ラファエルは、人間から奪ってきたエクスカリバーをウリエルに渡すと、「ライエル様に、それを渡してくれ。俺は少し遊んで行く」と言うと、朱天童子のもとへ飛んで行った。

「よう。風使いの鬼さんよ。俺は、風の天使ラファエル。ウチらの大将が、今からこの世界を壊すんだが、まだ俺の出番がなさそうなんで、ちょっと遊んでくれよ」

朱天童子は、銀鷲門から出てきたこの天使達のせいなのか、大江山が何か異様な状態にあることを感じ取っていた。

ライエルの能力によって、身体が異常に重い状態が続いているが、敵が目の前にいる。

「我ら鬼神は、異界からの侵略に対しそれを退けなくてはならない」

片膝をつきながら、右手をラファエルに突き出すと、風が吹き始めた。その風は直ぐに突風となり、ラファエルをその場にいさせることのできないほどになったが、ラファエルが笑い、

「そうだ。こうでなくては面白くない。だが私も風の天使。この程度の風では勝負にならんわ」

そう言うとラファエルも風を呼び、互いの間で、風が衝突し、左右に竜巻が起き、激しい上昇気流が起きた。

激しい風のぶつかり合いで、流石のラファエルも、身動ぎをした。

朱天童子は、身体の重さによって、吹き飛ばされることに関しては、向こうが有利かと思ったが、それどころか朱天の纏っている、陣羽織すら風に靡《なび》いていなかった。

ラファエルは周囲の空気の動きを観察した。驚くことに、朱天童子の数メートル前からその後ろは、全く空気が動いていないのだ。まるで透明な壁があり、その向こうには、風

が吹いていないのだ。

一方、ラファエル側は、少なからず衝突している風の影響を受け、服や髪、翼が激しく揺れている。

「朱天童子は、どこからこの風を出している？」

ラファエルは自身の能力を使い、周囲の空気の動きをサーチし始めた。

感知範囲を拡げていくと、「馬鹿な！　こんなデタラメあるか！」と、ひどく動揺し始めた。

「こんなの、風使いどころの話じゃない。空間転移じゃないか！」

ラファエルが感じ取ったのは、自分の後方の空気が、突然真空状態になり、前方にそれが圧縮された状態で突然現れ出てくる。後の空気が前に転送されて、自分の前後だけを循環していると。更に、風力が増すに連れて、後方の真空になる空間が徐々に大きくなり、真空になる範囲が自分の方に向かってきていることも、感じ取っていた。

もう、すぐ後ろに転送範囲が迫った時、「こんな奴に、戦いを挑むんじゃなかった」と、状況が見えてしまうゆえ、ひどく後悔した。

翼の先端が鋭い何かに切り取られ、前からの風に紛れ飛んできた。と思った次の瞬間には、背中も削り取られ自らの血肉が真っ赤な霧となって、飛んで来るのを見たまま、ラファァエルは消えていった。

天使達との戦いを知り、駆けつけたのは、雷凰であった。

戦いが終わり、辺り一面朱い霧に包まれた空を見て、「天を朱に染める鬼神か」と呟き呆然としたが、直ぐに気を取り直し、朱天童子のもとに駆け寄った。

朱天童子はうつ向いたまま、

「茨木童子よ。敵は天使だ」

雷凰が「あぁ、分かっている」と返す。その声を聞いて、茨木童子と違うと気づき上を向くと、

「茨木童子ではなくて、すまない。私は雷凰、君とは初めてだね、酒呑童子。いや、君も私と同じなのかな、朱天童子くん。私は、天使達とは因縁深いのでね。先に行かせてもらうよ。君はどうも身体がよく動かないようなので、来たい時には後から来ればいい」

そう言うと、稲妻に乗って去って行った。

「あれが雷神か。茨木童子よ」

朱天童子はその場に倒れこんだ。

ライエルのもとに、負傷したミカエルと、それを抱えたガブリエルが辿り着いた。

「今や我が手に、聖剣エクスカリバー、神器天叢雲が揃った。他にも、聖剣や神槍と呼ばれるものもあるようだが、これら以上に必要を感じるものはこの世界にはないな」

ライエルはこれらを四大天使に持たせ、

「今から、先方の人間どもに合流して、鬼神を一掃する。そしてその次は、人類の殲滅だ」

と笑ったが、ラファエルの気配が消えたことに気づくと、

「鬼神どもめ！　ミカエルよ。おまえのその傷もそう言うことか」

と、須佐之男や天照達の強さを改めて認めたのだった。

「まあ、いいわ。さて、人間どもの成果を見に行くとするか」

と、山頂を後に、須佐之男のいる屋敷の方へ向かった。

ミカエルは、移動の途中で捕まえた鹿や猪を補食して、身体の傷の補修をした。それは、完全とまではいかないが、見た目には元に戻った。

「天照め、次はみていろ」と復讐心が燃えていたが、ライエルに、「おまえとは相性が悪い。次はガブリエルに任せよ」と言われた。ミカエルは納得できなかったが、逆らうことはせず従った。

ライエル達四人は、大江山の中腹にある、鬼の屋敷を少し離れた上空から、様子をうか

がっていた。

「まだ決着がついてないね。あの、綱って人間に、エクスカリバーを持たせたら、須佐之男を殺してくれるんじゃないかなぁ」

ガブリエルは退屈なのか、口数が多い。ライエルが、

「やはり、人魚を喰ったとはいえ、人間には無理があったか」

現状の戦いを観戦していた時、そこに現れたのは、雷凰であった。雷凰は、稲妻の如く天使達の目の前に現れ、

「ミカエルよ、よもや地上界に攻めてくるとは、愚かな奴よ」

「貴様は何者だ。何故私の名を知っている」

元ルシフェルだった雷凰は、茨木童子の血によって、鬼神として命を取り止めた。だが、その見た目は、天使だったことを疑わせるほど変わってしまったのだ。白く美しい肌は、褐色に変わり、翼もなく、顔つきも少し茨木童子に似て、女性らしい体つきになっていた。そして額には、左側だけに鬼の証とも言える角が生えていた。ただ一つ髪の色だけが天使だったルシフェルの薄いラベンダー色のままだった。

ウリエルが、「額の角が、片方しかない、出来損ないの鬼か。私が相手になろう」と、ミカエルとの間に割って入り、雷凰を突き飛ばし地上に落とすと、自分も追いかけた。

ミカエルが「ライエル様、よろしいのですか？」と尋ねると、

「まあ、よい。死に損ないのルシフェル程度、ウリエルでも問題ないだろう」

そう言われて、ミカエルは落ちた先を見た。

「あれがルシフェル⁉」

あまりの姿の変貌に、気が付いたのは、ライエルだけであった。


地面に向かって落ちて行く雷凰に、ウリエルは地面から岩を棘のように迫り上げ、雷凰を串刺しにしようとしていた。それに気づいた雷凰は、雷で岩を粉砕しようとしたが、雷はそのまま岩に吸い込まれてしまった。

「ちっ、相性が悪いか」

雷凰はそのまま、棘の岩に突き刺さるかと思われたが、先端の側面に電気で張り付き、岩の周りを回転しながら、スルスルと地面に降り立った。

「相性が悪くとも空中にいる貴様には、効かないことはないよな」

「豪雷！」と言って放った雷は、ウリエルに直撃した。そして、気を失い木の葉が散るようにヒラヒラと、地面に落ちてきたウリエルに対して、「おまえは騙されているだけだ。そこで寝ていろ」と雷凰は須佐之男達のいる屋敷に走り出した。

ライエル、ミカエルと三人だけになったガブリエルが、須佐之男達の戦いに早く参戦したいと言い出したが、ライエルは、もう少し様子を見ると言うと、「じゃ、ちょっと遊んでくる」と、都の方に向かった。

「せっかく水がいっぱいあるんだもん、遊びたくなっちゃうよねん」

ガブリエルは、殆ど水が存在しなかった天界で、何故自分が水の天使なのかと、憤りを感じていたが、地上界で、大量の水を見て大はしゃぎしていた。

ガブリエルが手にしている神器天叢雲は、振ればどこからともなく雲が湧き、みるみるうちに水が溜まってくる。

「これだけの水があれば、人間なんてあっという間に滅ぼせるよー」

都の空にそれこそ、都中のすべてを流してしまえるほどの水を準備した。

空を見上げた都の人達は、空にできた巨大な水溜まりと、天使を見つけ、「天狗様が、何を始めるのだろう」と見ていたが、ガブリエルが水を槍のように何本か落として人に刺さると、たちまち人々は、混乱して逃げ惑った。

「きゃは。逃げろ逃げろ。今度のは、大きすぎて、簡単にはにげられないぞー」

巨大な水溜まりを一気に落とそうとした。

須佐之男は、綱と睨み合い、間合いを維持していたが、都の上空の大量の水が視界に飛び込んできた。

須佐之男も、水神と呼ばれるほどの鬼神。今にも落とされようとしている水を引き寄せるくらい、造作もないことだった。だが、今はそれをしようとすれば、確実に、綱の持っている、髭切で一刀のもとに斬られてしまうだろう。

「綱よ、天使が都を攻撃している。一時休戦して、都の護りに行かないか？」

そう言ったが、

「あれは、我々に河童をくださった天使様達よ。我らが味方も同然、都を攻撃するはずもないわ」

と、綱は鬼神達の気を逸らすためにやっているのだと信じていた。それによって、須佐之男に隙ができるのを見逃すまいと、須佐之男とは逆に、集中力を上げていた。

ガブリエルは、都の上空にある巨大な水球を一挙に解放した。それは大雨どころではない、空から津波のように都を襲いかかった。

人々は、最初の水の槍で逃げ惑っていて、都からの避難はできてはいない。外が騒がしいと、様子を窺った帝も空を見上げ愕然としていた。

須佐之男は咄嗟に、水球の方に手を差し伸べて、水を引き寄せようとした。だが、その隙を狙って、綱の刃が須佐之男の右腕を切り落とした。

一度は、崩れるように落ちかけた水の塊が、一瞬止まったかのように見えたが、須佐之男の腕が落ちるように、都に牙を剥いた。

綱は、須佐之男に向けて剣を振るうのに集中し過ぎて、都の様子など見えてはいなかった。

須佐之男は、もうこれまでかと自分の無力さに憤りを感じた。

都の人々は逃げ惑いながら、神々に助けを求めた。

死の間際には、周りの出来事が遅く感じるというが、それにしては水塊の落ちてくるまでの時間が長く感じられた。

「ったく、人々を護ると言ってた鬼神様が、だらしねーな」

そう言って、天に右手の平を向け、落ちてくる水を、炎で蒸発させているモノがいた。

近くにいた人が、

「あなた様は……炎神、天照様」

振り向いたその姿は、まさに天照であった。

「天照よ、私はミカエルを止めに行く」

「ありがとな！　鞍馬」

天照から少し離れた上空を、鞍馬が飛んで行った。

それを見届けた天照は、落ちてくる水をすべて蒸発させると、足下の石を拾い上げ、ガブリエルに向かって投げつけた。

天照は、鞍馬の機転によって、月から帰還することができたのだ。

そして、ガブリエルの悪戯心から、滅ぼされそうになった都を今まさに救いださんと、地上に立っていた。

「そうだな。俺は別に人々を救うつもりもサラサラないし、まして帝なんか大嫌いだ。だがおまえら天使はもっと嫌いなんで、邪魔しに来たのさ」

先ほど投げた石は、溶岩のように燃え、ガブリエルに直撃した。咄嗟に出した手の平を貫通して、翼に当たり、翼を燃やした。そのせいで、飛んでいることができなくなったガブリエルは、天照の足元に墜落し、気絶してしまった。

「これは返してもらおうか」

そう言うと、天照は、ガブリエルの手から、天叢雲を取り返した。そしてガブリエルを捕まえ、頭上に突き上げた。

「水のない空の彼方に送り出してやるよ」

そう言って、天叢雲で呼んだ水をガブリエルの胸元に集めると、手の平を押し当てて、一気に加熱した。とてつもないほどの水蒸気爆発が起きて、ガブリエルは天高く飛ばされてしまった。

「ん！　月に当てるつもりだったが、少し逸れたか。それにしても少し疲れたな。須佐之男にはもっとしっかりしてもらわねぇと困るな」

月からの帰還は、時間で言えば一日ほどだったが、停止した時間の中にいた天照と鞍馬はふた月に相当した。その疲労もあって、倒れ込む天照であった。

都の人々は、ガブリエルの侵攻から救った天照を崇めた。抱き合い、喜んでいたが、天照が力尽きると、皆で近くの社に運び、介抱にあたった。


須佐之男と綱の戦いは、片腕を失った須佐之男が不利な状況となって、このまま終焉を迎えるだろうと、ライエルは見ていた。綱との攻防も、左腕だけでは、剣を捌きされず、鬼の剣も半分の長さまで切り落とされてしまった。

頼光も、自分の出番はないかと、高みの見物をしていた。

綱が、とどめの一閃とばかりに、髭切を振るった。髭切が須佐之男に触れる瞬間、綱に電撃が襲いかかり、剣筋が須佐之男から僅かに逸れた。

雷鳴と共にやって来たのは、雷神である雷凰だった。元は、大天使ルシフェルだったが、今はその面影もなく、天使の誰もが、ルシフェルだったとは気づいていないと思っていた。天使の時は、透明な白い肌と翼の持ち主だったが、今は翼もなく、肌も褐色で、体も女性のそれとなった。そして、左の額にだけ鬼神の証とも言える角が生えていた。だが、たった一つ、その髪の色は、薄いラベンダーの色のままであった。

「ミカエルよ！　近くにいるのだろう、出てきたらどうだ？」

そう言うと、ミカエルが鬼の屋敷に降りてきた。

「鬼のクセに、我を名指ししてくるとは、いい度胸だな」

ミカエルは、あえて雷凰の正体を知った素振りは見せなかった。

そこへ、鞍馬も降り立ち、天使同士の因縁の対決の構図となった。

「久しぶりだなミカエル。天界での借りを今返してやろう。そして何より、アークマスターの仇をうたせてもらう」

鞍馬は、自分がいなくなった後の天界の顛末を雷凰から聞いていたため、ミカエルこそが、最大の敵と捉えていた。

「誰かと思えば、おまえはクラマエルか。衣装が変わっても、顔まで変わったわけではないから分かるが、天狗とはお笑いだ」

とミカエルは続けて、「だが、死に損なって、元が誰だか分からなくなった奴よりましか」と、雷凰を見やり鼻で笑い飛ばした。

雷凰は、その視線に対して、何も言わなかったが、

「姿形が変わろうと、双子の片割れを間違うこともないわ。ルシフェル」

ミカエルがそう言ったが、

「何のことを言っているのかな。私は、そんな名ではないよ。私は雷神、雷凰。以後お見知りおきを」

その答えに、ミカエルは苛立ち、「下等な鬼めが、燃えてなくなるがいい」と、エクスカリバーの剣先を向けると、流れるように炎が吹き出し、雷凰を襲った。

鞍馬が雷凰を助けようと、時間を止め駆け寄ろうとしたが、月への往復で体力を消耗し、雷凰の側まで行くことができず、転倒してしまった。

「しまった。雷凰！」と彼女を見ると、大丈夫といった顔で頷くと、電撃の壁で炎の攻撃を遮った。

ならばとミカエルは、周囲の空気を絶対零度まで下げ、雷凰の動きを封じようとした。だが、ミカエルが思ったほどの温度の低下が起きなかった。それどころか、反対に雷凰の電撃を喰らうこととなった。

「何故、私の能力の効果が薄い」

ミカエルは、エクスカリバーを地面に突き立てると、右手で炎を左手で冷気を同時に放った。それはどちらも雷凰に直撃したように見えた。

「先ほどのはやはり気のせいか。奴は所詮、雷しか扱えん。私に敵うはずなどない」

しかし雷凰のいた場所の爆煙が晴れてくると、なんと無傷の雷凰がいた。

「そうだな。雷を操るしか能力がなければ、おまえには勝てなかったかもな」

その言葉に、「それなのに何故私の攻撃が通用しない！」と苛立つミカエルだった。

「ミカエルよ。おまえはいつもそうやって、自分の思いどおりにならないと苛立ちを顕にする。いつまでも子供のような振る舞いは止めよ」

「うるさい。貴様に私の何が分かる！　アークマスターは私ではなく、いつもおまえばかりを可愛がっていた。だがそれももう終わりだ。ライエル様が私を必要としてくれる。ライエル様のために、私はこの地上を破壊するのだ」

そう言ってミカエルは、炎を放つが、雷凰には効果がない。

「ミカエルよ、無駄なことはもう止めよ。おまえの分子運動を活性化しての炎は、私の能力である、電子の制御の前では、意味がないのだから」

雷凰の元々の正体であるルシフェルは、雷の天使であったが、その能力の根源は、電子を操ることだ。ミカエルの炎となっている分子や、原子の運動を鎮める方向に電子を操作することで、分子の運動を抑えていたため、温度の変化を無効化していたのだ。

ミカエルは雷凰にそのことを言われ、そのことを知ったが、事実上どうすることもできなかった。

自棄になって炎を雷凰に放つが、その攻撃は、何度やっても効果はなかった。だが、ある一撃が雷凰に当たり、左の肩を焦がしたのだ。

雷凰は、自分に制御できなかった電子があったことに、違和感を感じたが、ミカエルからの攻撃が徐々に、自分の体を焦がし始めるのが、明らかになってきた。雷凰は、一瞬何が起きているのか理解できないでいた。だが、操っていた電子の操作による分子運動の軽減が効かないのは、ミカエルの炎が、分子運動の熱だけでないと分かったのだ。

「ミカエル、貴様！　いつの間に、核融合の炎を操ることができるようになったのだ」

その言葉は、ミカエルには届いていなかった。ミカエルは、自分より優れたルシフェルを超えたいと、必死になった、炎を出し続けていた。その集中力が、炎のレベルを上げ、自分自身でも気づかなかったが、天使であるその容姿までも、更に神々しく変化していったのだ。

雷凰は、ミカエルの炎に押され、やがて全身をその炎で被われてしまった。

それに気づかなかったミカエルが、ライエルに「ミカエルよ、見事だ」と言葉をかけられ、ようやく我に返った。

ミカエルの目に飛び込んだのは、雷凰の黒く焦げた塊であった。

ずっと、心の中にあった、異物が取り除かれたような清々しい気分だと、ミカエルは天を仰いだ。

それを上空から見ていたライエルは、ミカエルの成長とその神々しい姿に、危険な雰囲気を感じ、ここで始末してしまおうか、と思うほどだった。

ライエルはその能力で、ミカエルの後ろから攻撃しようとした。

「ライエル様、私はあなたの味方です」

それを聞いたライエルは、僅かな動揺も見せずに、

「なれば、雷凰にとどめを刺す必要があるのではないかな」

ミカエルは、その言葉の意図が分からなかったが、焦げた雷凰の骸を見ると、焦げた薄皮にヒビが入り、無傷の雷凰が姿を現した。

だが、先ほどまでの雷凰とは少し雰囲気が違っていた。背中には、天使だった頃のように翼が戻っていたが、羽の色は黒かった。更に額には、左にしかなかった角が、右側にも生えていた。

その姿を見たライエルは、アカシックレコードのルシフェルについて書かれた内容を思い出し、「魔王ルシファー……」と呟いたが、一つアカシックレコードとは異なることが気になった。アカシックレコードでのルシファーの角は、山羊のような巻き角だが、目の前にいるそれは、鬼神の証である、天を指す、真っ直ぐな角であった。

「ミカエルよ。おまえの能力のステージが上がったおかげで、私も真の力を解放されたようだ」

ミカエルが「ついに堕天し、魔王となったか」と言うと、

「いや、私は鬼神のままだ。天使でもなければ、堕天使になることもないよ」

雷凰《ルシフェル》が堕ちなかったのを見て、ライエルは不安な気持ちになっていた。

そういえば、アカシックレコードに書いてあったことは、必ずそのとおりになっていった。ただし、それはいつまでだったのか。私がまだ人間のノストラだった頃に、恐怖の大王を予言したほんの少し前だったような……。

ライエルは、アカシックレコードを取出し、ページをめくっていった。

そこには、やはりルシフェルが堕ち、魔王ルシファーが誕生することが記載されている。恐怖の大王には、私自身がなることで辻褄合わせとなるが、今ここで起きていることは、何一つ書かれていることと違っている。

ライエルは、「まぁいい。すべて破壊するのだしな。こんな役に立たぬものなど要らぬ」と、それ以上の詮索はやめ、アカシックレコードを投げ捨てたのだった。

一方、鞍馬は須佐之男と綱の戦いを注視していた、頼光と対峙することとなった。

「天狗！　貴様、鬼の加勢に来たのだな」

そう言って、鞍馬に切り掛かってきたのだ。

鞍馬は疲れ切っていた。天照を迎えに月までの往復と、そのための時間を止める行為によるものだ。

それを見るや、勝機を感じた頼光は一気に鞍馬へと間合いを詰め、下段から刀を振り上げた。

ガチリと頼光の剣筋を止めたのは、鞍馬がいつのまにか手にした槍だった。その槍は、鞍馬がまだ天使でクラマエルと呼ばれていた頃に使用していた、神槍グングニルだった。

鞍馬は、天界でミカエルに取り上げられた神槍をここまで呼び出したのだ。

頼光の持っている刀も、名刀と言われるほどのもので、その刃をまさか槍の柄で止められるとは思わなかった。

これが髭切であったならば、鞍馬の身体は既に真っ二つにされていたはずだ。

鞍馬は、その槍を両手でぐるぐると振り回し、小脇に抱え構え直した。すると不思議なことに、グングニルの槍先の両脇に金属のリングが三つずつ現れ、錫杖のように変わっていた。

「これが今の私に相応しいと、姿を変えたのだな」

鞍馬は、錫杖を振るうとシャラジャラと音を鳴らした。

そこに立ち向かってきた頼光は、刀で切り掛かってきたが鞍馬の槍捌きで躱わされ、更に錫杖の輪に剣先を絡め取られ、武器を失った。

そこに詰め寄った鞍馬が、左手を伸ばして頼光の身体に触れると、頼光は、突然動かなくなってしまった。鞍馬が離れると、目の焦点も合っておらず、完全に固まってしまったのだ。

「あなたの〝時〟を一刻ほどいただきました」

そして更に一歩下がると今度は振り向いて空を見上げ、

「知らない天使だな。貴様がこの地上の世界に混乱をもたらしたのか、ミカエルを利用して」

本当ならば鞍馬は、翼を羽ばたかせ飛び上がってライエルに向かって行きたかったが、月への往復で消耗した体力は回復していなかった。しかしそれを気づかれないように、「貴様を倒せば、この混乱も収まるか」と、手に持っていた錫杖を、ライエルに向かって投げた。

鞍馬が天使だった頃持っていた槍は、神槍グングニルだ。その槍は必ず目標に命中して手元に戻ってくる。今は錫杖に変わっているが、元々は神槍であるため、必ずライエルを捉えると信じて渾身の力を込めて投げ放った。


山の中に落ちていったアカシックレコードを拾い上げたのは、一見人間の女性だった。その細く白い手で、拾ったアカシックレコードを開くと、

「これは、アカシアの書」

その女性は、月読だった。

帝の屋敷の地下の小さな部屋に閉じ込められ、アカシアの書から読み取った情報を、予言として、帝に伝え、政事を陰で支えてきた彼女だが、天照の攻撃によって、帝の屋敷は破壊され、彼女は地上に出ることができたのだ。そして、大江山の麓の山中を歩いているところに、ライエルの捨てたアカシックレコードが彼女の手の中にあった。

何故こんなところにアカシアの書があるのか、不思議に思ってはいたが、これは間違いなく、アカシアの書だ。

月読は、アカシアの書を開き、最近感じ取っていた違和感がなんなのかを知りたかった。

一方、須佐之男と綱の戦いは、右腕を斬り落とされた須佐之男は、綱の間合いから一歩下がり、仕切り直すつもりだった。それを隙とみて、綱が髭切を横一閃に振り抜いた。須佐之男は、完全に間合いから外れ、髭切の刃は首のほんの少し前を通り過ぎていくはずだった。だが、髭切を持った綱の腕が急に伸び、須佐之男の首をあっさりと切り落としてしまった。

「かぁっかぁっ、河童の腕の骨は左右繋がっていて片方を縮めると、逆の腕が伸びるのよ！」

綱はしてやったりと笑いながら、続けて上段の構えから、真っ直ぐに髭切を振り落とした。

両断とまではいかなかったが、胸から腹にかけて切り裂かれ、そこから裸の女性が滑り落ちてきた。それは以前、須佐之男が肉体を取り戻すべく取り込んだ、くしなであった。だが、須佐之男の身体に入った時の童女のくしなではなく、ふくよかな身体と、長い手脚となった、成人の女性となっていたのだった。

綱は「これが須佐之男の正体か！」と、一瞬ためらったが、ならば、と、くしなに斬りかかった。

首だけになった須佐之男が、「その娘を斬ってはならぬ！」と、覇気を込めた声で、綱の踏み込みを押し返した。

一度は後退りした綱だったが、次の踏み込みを止めるまでの力は、須佐之男には残されてはいなかった。

未だ気を失い、逃げることさえできないくしなに、綱の髭切りが襲い掛かる瞬間、くしなを庇うように覆いかぶさった鬼神がいた。その朱色の角を持った鬼神は、くしなを助けることには成功したが、自らの首に髭切りを受けることとなってしまった。

綱は朱天童子の首に、髭切の刃を当て振り抜いた。どんなものを斬っても斬れすぎるがゆえに全く手応えがないのは、いつものことだった。だが今回は、軽すぎると違和感を抱いた。

何と、草薙の太刀が朱天童子の首に当たったところより先がなくなってしまったのだ。

須佐之男はその様子を見ていた。草薙の太刀は、朱天童子の首に触れたところが朱天童子に、吸収されたように見えた。

更に首より先にあった切先は、根元がなくなった途端、くるくると回転し落ち、くしなに刺さろうというところで、朱天が手で掴んだのだ。いや、正しくは手の中に吸い込まれたのだった。

綱はその様子を「草薙を喰った」と言った。それは須佐之男もそう思ったが、「何故、あれほどの斬れ味の太刀が」とまで言うと、

「朱天と草薙が八岐大蛇から出てきたのは、何か繋がりがあったのか」

ふと、そう感じたのだった。


月読は、アカシアの書を読むのに没頭していた。

しばらくは、自分の知っている事実と書いてあることの照らし合わせをしていた。そこには確かに、今までに読み出し、帝に伝えてきた内容と同じことが書かれていた。

そして、ふと、書の始まりは、そして終わりには何が書いてあるかが気になって、最後の内容を探し始めた。

どれだけ探しただろうか。最後と思われる内容に辿り着くと、「ここで、三度目の私が終わる」と書かれていた。

「私とは誰のことだ？　終わるとは？」

そして、この文章の後、しばらく何も書かれてなく、終わりかと思っていたが、また新たな文章が現れた。

「今、新たな始まり。四度目の私が始まった」

月読は、いったい何のことが書かれているのか、理解できないでいた。

四度目……の後は、月読が体験したことと全く同じことが書かれていた。

そして月読は、もしやと、過去へ過去へと遡った。そしてついに、

「世界は三度同じことを繰り返し、滅んだ？　今が四度目の世界なのか……。そして、このアカシアの書は、これから起きる事柄が書いてあるのではない。これは、神の記憶、いや、神の日記だ」

月読は神と言ってしまったが、自分達を遥かに超越する存在だと確信していた。

「私は今まで、三度目の世界の記録を読み出して、帝に伝えてきたのだ。それが今の四度目の世界として進んでいる」ということを理解したのだ。

ただ不思議なことに、この四度目の内容は、しばらく前から何も書かれていない。それは、須佐之男が八岐大蛇を退治する途中までで途切れてしまっている。

「一体、何が起きているのか……」

朱天童子は、苦しそうに天に向かい叫んだ。眼球は黒く、瞳は真っ赤に染まった。

空は太陽が出ているにもかかわらず、薄暗く、地鳴りと共に風が強くなり、世界が歪ん

で見えた。何故こんなことになったのかは分からないが、周りにいたモノすべてが、何かが危険だと感じ取っていた。

「いけない！」

そう言って、無意識のうちに朱天童子を取り押さえに飛び出したのは、雷凰だった。そして、それを追ってミカエルも朱天童子に向かってきた。

雷凰が朱天童子に掴み掛かろうとした瞬間、「私に触れるな！」と、手払いをした。その瞬間、雷凰とミカエルはあっという間に銀鷲門に飛ばされ、天界へと帰されてしまい、門も閉ざされてしまった。

その移動速度は、光の速さとも思えるほどで、雷凰達は元より、周りの何者にも何が起きたのか、理解できなかった。

急に風が止み、静けさがその場を支配した。

朱天童子が綱の方を向くと、綱はこっちに来るなと、半分の長さになった草薙の太刀を投げつけた。朱天童子は、投げられた草薙の柄を掴み取ると、あとは周りのことなど、何も見えていない様子で、空へ飛び去ってしまった。

それはまるで、龍が天に昇る姿にも見えた。

朱天童子が空の彼方へ見えなくなると、止まっていた世界が急に動き出したかのように、風で木々がざわめきだし、周りの者も、夢から覚めたかのように、我に返った。

綱は、河童化した影響なのか、朱天童子の影響を受けたからか、その場に座り込み「もう疲れた」と、水の枯れた河童のようにへたれこんでいた。

ライエルは、須佐之男の死を見届けて、邪魔な存在もいなくなって「もう、ここにいる理由もないな」と、気を失ったウリエルを掴み、西の方に飛び去った。

そしてその後、自らを恐怖の大王と名乗り、生まれ故郷と、その国を滅ぼすこととなる。

世界の果てへ

朱天童子は、宇宙に飛び出しどこへ向かうともなく、進んでいた。

しばらくすると、視界に何かが見え、そちらに方向を変えて近づくと、それは天使のようだ。そう、それは天照に飛ばされたガブリエルだった。

ガブリエルは気を失っていたが、朱天童子に捕まえられると、薄らと目を開けた。朦朧とする意識の中で、

「ここは？　あなたは誰？」

そう言うと、はっきりしない頭を振って、正常な意識を取り戻すのに必死になった。頭をブルブルと強く振りすぎて、目を回してしまったが、ようやく自分の居場所を理解できた。今は、月も遥かに通り越して、地球圏から抜け出そうとしていた。

朱天童子は、ガブリエルを引き寄せ抱き抱えた。

「私を迎えに来てくれたの？」

「そうだ」と言われるのを期待して、ガブリエルは朱天童子に聞いてみた。銀鷲門から出てきた時に、横目でチラッと見た鬼神だということには気づいていたが、全く敵として認識してもいない能天気ぶりだ。

「いや違う」

一言そう言われると、

「やっぱりそうよね」と少し期待した分、がっかりしてしまった。

「あなた、名前は？　何故空気もないのに宇宙空間を自由に飛べるの？」

名前も知りたかったが、前に月に行った時は、海水を推進剤として持ってきたから行き来できたが、この鬼さんはなんも持ってる様子がないよね、と不思議に思っていた。

「朱天童子」

名前だけポツリと素っ気なく返ってきただけだった。

「ねぇ、天ちゃん」

ほぼ初対面で、馴れ馴れしく呼ばれたことに、一瞬、ビク付いたが、無表情のままの朱天童子だった。

「この宇宙を、こんなに自由に飛べるなら、私をさっきの場所に連れてってくれない？」

朱天童子は、進行方向を向いたまま、

「駄目だ」

「なんでよ～」

「私が、あの場所にいれば、すべてを破壊してしまう。できる限り遠ざからなければ。少し力を取り戻しすぎた」

後半は聞き取れず、「え、なに？」とガブリエルが聞き直すが、そのことの返事は得られなかった。

それからしばらくは、ガブリエルだけが一方的に話すだけで、朱天童子はひたすらに太陽から離れるように進んだ。

ふと、周りに見える星々の光が見えなくなり、前方の星しか見えなくなっていた。後ろを振り返ると、自分の足さえ見えなくなっていた。さっきまでは太陽の光で、薄暗いが完全に見えないといったことはなかったが、ガブリエルでも、光の速さで進んでいることに気が付いた。

朱天童子は、やっと話し始めた。

「これ以上この空間で速度を速めると、あなたの身体がバラバラになってしまう」

「で、天ちゃん、どこへ向かってるの？」

ガブリエルの問いに対して、

「できる限り遠くへ」

「どおして?」

「私の力が解放される。今、気を緩めれば、周りのすべてを破壊してしまう。少なくとも、この銀河を出なくてはならない」

どれくらいの間、宇宙空間を飛び続けていただろうか。不死であるこの二人にとって、時間の感覚は人間とは違いすぎて、百億光年も、ほんの一時間程度と言ってしまえば、その程度なのかもしれない。

ようやく朱天童子は進むのを止め、「ここまで来れば大丈夫か」と、止めていた息を吐くように、我慢していた何かを解放した。

宇宙の暗闇の中で、朱天童子に何かが起きているのか、何万光年も離れた星明かりだけでは、それを見ることはできなかった。

だが、朱天童子の身体が巨大化していくことは感じとれていた。その巨大化は、この宇宙の物理法則を完全に外れ、あっという間に太陽を超え、銀河、そして銀河団の大きさを超えてしまった。その巨体過ぎる爪先が、銀河に触れる寸前まで行ったため、それを避けようと動かすと、その周りに形成されていた別の銀河が散り散りに弾き飛ばしてしまった。

ガブリエルは、朱天童子の角の先端にしがみついていた。角の先端の座標を固定していたので、そこだけは微動だにすらしなかった。そのおかげで、ガブリエルは振り回されることもなく、迷子にならずに済んだ。ガブリエルが、身体の別のどこかについて行ったなら、光速を超えたせいで身体がバラバラになってしまうところだったと、肝を冷やしていた。

朱天童子は、

「これ以上、ここで身体を大きくすれば、超銀河団すべてを押し潰してしまう。ここから出るしかないな」

「うん？　よく分からゃにゃいなぁ。ここを出るって、地上界から？　天界にでも行くの？」

「違う。地上界も、天界も同じこの宇宙の中で重なり合う世界だ。今から宇宙そのものから出る」

「この宇宙……出られるの？　出るってことは、宇宙の果てまで行くってこと？　それと、地上界と天界が同じとか、重なってるとか分からないよ」

ガブリエルは、朱天童子の言葉に困惑しているが、にわかに信じられないというか、理解すらままならないようだった。

「宇宙に果てなどない。ここの物理的空間は、無限だ」

「無限なのに出るって、天ちゃん、あなたと話してると、にゃにがにゃんだか分かりゃにゃいよ」

と、ガブリエルの頭には？マークが増え続けていく一方であった。

「あなたは少し待っていてくれ。外に出たら迎えに来るので」

そう言うと、朱天童子の身体は消えてしまった。

ガブリエルは、宇宙の何もないボイド空間で、たった一人になってしまった。一番近い銀河の光さえ届いていない場所で。

大日如来

朱天童子は、宇宙の外側にいた。

彼の言うとおりならば、宇宙は無限に広がり、果てはない。だが、その外側へ出てくる術を持っているのだ。

ここでもまだあり余る内側からの力を解放すべく、巨大になっていく。

すると朱天童子の視界には、自分より大きな人の顔が見えてきた。その顔の主が朱天童子に向かい、

「朱い角を持つ者よ、私の中かから出てきたおまえは、何者か」

それの質問に、朱天童子は無言のままだ。答えないのではなく、その問いが聞こえない。自分が何なのか、意識がどこにあるのか、それすら考えることもできなくなっていた。顔や全身に冷や汗を流し、まるで貧血に襲われている状態が続いた。

しばらくすると、次の問いかけがあった。

「おまえの手にしているその折れた刀は何を斬るためのものか？」

朱天童子は、自分の右手に握られている草薙の太刀に気が付いた。そして、それをしばらく見ていたが、ふとその刃の先を自分の左手首に押し当てた。

「自殺でもするつもりなのか？」

だが、その言葉のとおりにはならず、刃は朱天童子の手首の中に吸い込まれるように消えてしまった。すると、目眩が治ったかのように、この空間を理解し何事もなかったかのように、その顔の前に立った。

「私は、何者か……何者だ？　私は……」

まだ頭が混濁しているのか、記憶が曖昧だ。

「ここはどこだ？　あなたは何者か？」

朱天童子が尋ねた。

「自分のことも名のらず、私に質問するか。まあ、よい。朱い角を持つ鬼よ、私は大日如来。私の身体は宇宙そのものだ」

「宇宙……」

そう聞くと、朱天童子は何かを思い出し、左手を、手刀にして大日如来の瞳に突き立てた。

「何をするか、愚か者め」

朱天童子の手刀は、大日如来の瞳に確実に届いていたが、切り裂くことはできない。

「そなたがどうやって、私の中から出てこれたのかは知らぬが、この空間と私の中の宇宙とは、隔絶された違う世界。そのような手が通るはずなかろう」

言い終えた語尾が濁る。

「はて、貴様は私の中から出てきた？　私の中にいたのか？　何故に私がおまえを知らぬ。私は私の中の宇宙すべてを知っている。何故、私がおまえを知らない」

言い終える間もなく、朱天童子が、今度は右手に握っていた草薙を使い斬り付けてきた。

「無駄なこと……」

なんと今度は大日如来の瞳を切り開いてしまった。

「くぅう……」

大日如来は、低く呻き声をあげた。

朱天童子は、草薙で切り開いた瞳に左手を突き刺した。そして何かを掴み取り引き出すと、額の角の先端で、手を開いた。

「そこにしがみついていろ。そうしていれば、この空間ですり潰されることもなく、私の視界を共有してやれる」

そう言われ、角にしがみついたのは、宇宙を一緒に連れてきた天使だった。

「いったいどれだけ待たせるのよ！」

周りの状況を理解するより先に、その天使は、怒りだした。

二十億年。朱天童子と、大日如来が先ほど交わしたやり取りは、その天使が待っていた宇宙では、それだけの時が流れていた。

「ずっと、周りに何もないところに置いてかれて寂しかったんだから！」

その天使は、二十億年分話す相手もいなかった分を吐き出すように、ずっと文句を言い続けた。

「ところでおまえは誰だ？」

朱天童子が聞いた。

「はぁあ⁉　何十億年も放っといて、ボケたのかこのジジィ！」

「おまえは、ガブリエルだな」

そう答えたのは大日如来の方だった。

「なに、この顔だけオバケは。なんで私を知っているの？」

「オバケなどではない。顔しか見えないのは、おまえ達が小さ過ぎて、私の全体を見ることができないからだ。それと私は、私の中のことは何でも知っている。私は宇宙そのものであり、私の意識は、宇宙に生きる生命の潜在意識集合体なのだから。よって、ガブリエルよ。おまえが宇宙から出ることは許されない。すぐに戻って欲しいが、その前に、一緒にいるその朱い角の鬼は、いったい何者か？」

「あなたもボケてんの？　さっきと言ってることが矛盾なんだけど。自分の身体の中にいたんだから、知ってるはずじゃないのよ。朱天童子よ！　鬼神、朱天童子の天ちゃん！」

「シュテンドウジ……」

次に反応したのは朱天童子だった。

「そうだ。私は朱天童子。じいさんから受け継いだ名を忘れるわけにはいかない。ガブリエルよありがとう」

「思い出してくれたのね。天ちゃんいい子」

ガブリエルの機嫌もよくなったようだ。だが、納得のいってない者がそこにはいた。

「酒呑童子ならば私も知っている。アーカーシャ、つまり私の記憶にも残っている。だが、朱天童子という者は記録の欠片すらない。おまえは何者か？」

「ねぇねぇ、アーカーシャって、アカシックレコードのこと？　この世の出来事すべてが書かれているって、アークマスターが言ってた」

「そうだ。おまえ達がアカシックレコードと呼ぶそれだ。この宇宙で起きたことをすべて書き留めた記録。だが、須佐之男が八岐大蛇を退治した時から、霧がかかったかのように宇宙の様子を見ることができなくなってしまい、記録が残こせないのだ」

「私は、その八岐大蛇の腹から出てきたたと、須佐之男から聞いている」

「天ちゃんのお母さんは、八岐大蛇だったの？」

大日如来も朱天童子も、もうガブリエルの話にかまおうとしない。

「私の知らない朱天童子。おまえが誕生してから記録できないアーカーシャ。おまえは、私の中の者ではないな。でなければ、宇宙の外に出られるわけがない。どこから来た？」

朱天童子は、半分ほどに短くなった草薙の太刀を見ながら、

「まだ、すべてを取り戻したわけではないので、分からない。しかし、ここですべてを解放してしまえば、何か取り返しのつかないことになってしまう気がする」

会話が続いていた間も、朱天童子の身体はここに辿り着いた時の十倍以上に巨大化していた。

やがて朱天童子の視界を供与してもらっているガブリエルにも、大日如来の顔だけでなく、周囲の身体まで見えてきた。それは座して印を結ぶ、我々の知るような姿ではなかった。

「化け物」

ガブリエルがそう呟くに相応しい、まるでキメラのような複数の生物が混ざり合った、そう、化け物の姿だった。

「そこの宇宙は、成長に失敗したのだよ」

朱天童子の側で、話しかける者がいた。

「もうすぐ崩壊するだろうね。そしたら、宇宙のすべてはどうなることやら」

「んっ、キミは見かけない顔だね。我々の仲間が増えたかと思ったが、何か違うなぁ」

朱天童子の周りには、大日如来と同じような宇宙が、物珍しげに寄ってきて話しかけてくる。

「我々は、それぞれの宇宙にいる人間などの知的生命体の潜在意識集合体」

「それらの精神的進化に失敗すれば、その潜在意識集合体であるカタチに影響が出る」

「我々のカタチは、人の心の有り様で変わる」

「大日如来の宇宙は、人が滅亡し、成長に失敗した」

「成長に失敗した者は、カタチを保てなくなり、崩壊するのみ」

不自然に寄ってくる宇宙達は、大日如来について、朱天童子に言っている風ではなく、ただ、言葉に出しているだけのように見えた。

やがてガブリエルは、その宇宙達の声も小さく聞こえなくなってきたことに気づいた。

さっきまで宇宙と言っていたそれは、朱天童子と同じくらいの大きさだったはずだが、今は砂つぶより小さくなってしまい、そのカタチを見るには小さ過ぎた。

ガブリエルは、朱天童子に尋ねた。

「あなたは、宇宙の外側に出ても平気で、今はもうそれ以上の存在なのね。もしかしてあなたは、創造主なの？　人や私達天使や自然のすべては天ちゃん、あなたが創ったの？」

その言葉を発する間にも、朱天童子の身体は大きくなり続け、宇宙同士がまるで銀河のように集団で集まっているのが見えた。その集団は更に銀河や、銀河団のように集まっては小集団が出来上がり、またその集団ができていた。

それは朱天童子が無限に巨大化していく上で、何度も繰り返された。

どれくらい周囲のものが小さくなった頃だろうか。朱天童子の周りを光が飛び、まるで彗星のようだと、ガブリエルが呟く。その彗星が、今度はこちらに向かって飛んで来た。

朱天童子は、落ち着いてその彗星を軽く払うと、あっけなく軌道が変わり、どこかへ飛んでいった。

「今のは、電子だな」と言う朱天童子の言葉に、

「電子って、ルシフェルが操っていたあの電子？　あり得るわけないでしょ。電子ってあんな巨大なものじゃないのよ。宇宙一つより大きいなんてあり得るわけないじゃない」

ガブリエルは、朱天童子が見ている視界をそのまま受け取って見ているが、天使としての大きさは、天界にて生まれた時の大きさから変わっていない。巨大になってゆく朱天童子。その角の先端にしがみついて行動を共にしてきた。朱天童子の足の先までの距離は今や、無限であるはずの宇宙の大きささえも遥かに超え、その宇宙の集団でさえも朱天童子の爪の先よりも小さくなってしまった。

このまま、どこへ行くというのか。そう思った頃、

「もうすぐ、帰るべき場所に着く」

ガブリエルは、前に聞いたことの答えを貰っていないことを不満に思っていたが、

「いったいどこを目指して来たの？」

そう聞くと、

「その前に、話しておこうと思うことがある」と、別の話を始めた。

ガブリエルは、またはぐらかされたと思ったが、なんだか諦めもついて、聞き始めた。

「先ほどの、大日如来宇宙の状況を見て、私は、やらなくてはならないことを思い出した

……」

朱天童子

「……えっ、そんなことってあり得るの？」

「今の話は本当のことだ。そして、地球で起こるそれを止めるために、降り立つはずだった。だが、私にとってその時、その場所、世界に対して最小限の影響力で出現するには、私は大きすぎたのだ。矢で針の穴を射るような精密さをもってしても、千年ほどズレたのと、成人の見た目にするはずが、赤子と言った具合に、私の物差しでは測れない尺度。狙う先が小さ過ぎたのだ。これからすることは、私には扱えないほど細かな作業になってしまう。だからあなたに頼みたいのだ」

「でも、救わなきゃならない地球は、消滅してしまったんじゃないの？」

周りの世界は、宇宙の集団の周りを回る電子がいくつもいくつも見えてきたかと思うと、次は、その集団が巨大な人形に見えてきた。

「また大日如来みたいなのが出てくるの？」

ガブリエルの問いに、

「〝さっき〟の場所に帰ってきた。これは私の身体だ」

そう聞いた時、ガブリエルは、朱天童子の隣に立っていた。しかも、朱天童子の大きさは、地球にいた時と同じで、須佐之男の中から出てきた、くしなを庇うために、抱き抱えていた。

「ここは……」

ガブリエルが驚いたのは無理もない。確かに地球だ。それも外に向かって大きくなっていったはずが、出てきたのは、朱天童子の身体の中からだったのだ。

それ以外にも、朱天童子の首が人間によって斬り落とされようとしている直前で、何もかもが止まっているのだ。

「クラちゃんが、時間を止めているのかな」

だが、自分が動けていることが、そうではないことと理解できた。

「草薙の太刀が、私に触れたあの瞬間、草薙に封じてあった、私の力は私のもとに戻った。力を他の形にして別に持っていたのは、私自身が力を持ったまま、この世界に出てきたことは、すべてを無に帰すということに等しいからだ。ここは、あの瞬間に止めて置いた世界。ただ、周りの者達は、過ぎゆく時を過ごしていたはず。数千億年ぶりにここから再開するというわけだ。ガブリエルよ、さっき言ったこと、頼んだぞ。それと、動き始めたら、頸を護ることだ」

そう言い終えた瞬間、あの時から再開された。


ピキーンッと甲高い金属音が鳴り響いて、折れた刀身が飛んで行った。

「痛ったーい！」

ガブリエルが、後頭部を両手で押さえながら、痛がり、怒っていた。

周りにいた誰もが、驚いた。

今まで、そこにいたはずの朱天童子の姿はなく、都の上空で水遊びをして、天照に飛ばされたガブリエルが代わりにそこにいたのだ。

「ちょっとは、心の準備をする時間くらい、待ってよ」

周りの者達は、ガブリエルが突然現れ驚いた。だがそれより、自分が何故ここにいるのか、理解できないでいた。それもそのはずである。朱天童子の首に草薙が触れた瞬間を、朱天童子は保持していたが、それ以外の者にとっては、それ以降も時は流れ、その後生きていた記憶がはっきりと残っていたからだ。

ガブリエルも何千何億年と、宇宙を飛び出してここに辿り着くまでの時間を過ごしてきた。ここにいる鬼神や、天狗、天使、人間達もこの後何年生きたのかは分からないが、それぞれの時を過ごしてきた。

それが突然、何の前触れもなく、それが当たり前のように、この時に引き戻された。この感覚を現実として理解しろというのは、相当の精神力を必要とするに違いない。

朱天童子は、草薙に集約していた本来の力の半分ほどを取り戻していた。

そして今、彼は隣にいる。誰の？　この宇宙に存在している、すべての思考ある者の隣に。そして、そのすべての者に触れると、その意識を現状に合わせたのだ。

初めに行動を起こしたのは、ライエルだった。朱天童子に攻撃しようと、手を伸ばした。だが、どんなに手を出そうと、すぐ側にいる朱天童子には届かない。

その視線の先にいたミカエルの側にも、朱天童子がいることに気づくと、咄嗟に周囲を見回した。須佐男や、綱、ミカエルはもちろんのこと、雷凰、頼光、ここにいる者すべての側に朱天童子がいた。

ライエルは「分身？　幻覚の類いの術か？」と、ミカエルの隣に立っている朱天童子に、重力波を放った。しかし、どんな攻撃も朱天童子に届きはしない。

「今の私は、本来の力の半分ほどもないが、現状でこの世界の物理法則は、私には無意味となった。ゆえに、分身や幻が見えているわけではない。私は一人だが、同時に皆の側に存在している」

　そう言うと、綱から草薙の鞘を取り上げた。半分になった草薙の太刀を手のひらに当てると、太刀の刃はその手の中に溶けていくように吸い込まれ、鍔と柄だけになってしまい、それを鞘に納めた。

「後のことはガブリエルが進めてくれるだろう」

　朱天童子は、まるで空気に溶けて沈むかのように、自然に、元々そこにいなかったかのように消えていった。

　辺りはしんと静まりかえった。

　未来の経験が幻であったかのように、今この時に戻され、今何をすべきか、皆戸惑っていた。

「ガブリエル！」

　そこにいるすべての者が口を揃えた。

　ガブリエルが顔を上げると、すべての視線が自分に向いていた。その異様さに、

「ちょっと、私を見ないでいただけないですかぁ」

　自信なさげな言葉を口にした。

　朱天童子が「後はガブリエルが」と言い残したため、ミカエルが「どういうことか、説

明しなさい」と、少し高圧的に詰め寄った。ガブリエルは、

「えっとぉ……なんだっけぇ……」

しどろもどろに、どう言ったらいいのか悩んでいるようだが、

「忘れちゃったかなぁ」

そう言うと、ガブリエルの足元に、雷が落ちた。雷凰が、指先から電撃を打ち出していた。

「我々はあの時確かに、今の現状とは違う未来へ進んだ。なのに、ここに戻され、この状況は何なのだ」

「何って言われても……ねぇ……あっ！　思い出した！」

そう言うと、「説明はできないけど、リセットするね」と言って、パンと手を叩いた。

「天ちゃんは、あまりここにいられないから、代わりに説明して欲しいって言われたんだけど、私じゃ、よく理解できなかったのよね……。だから、進めちゃうね」

ガブリエルが手を叩くのと同時に、バン！っと、すべての六道門が開いた。

綱に切り倒された朱雀門もいつの間にか元に戻っていた。元々解放してあった紫鯨門は、そのまま変わりはなかったが、閻魔が門の見張りをやめたため、地獄の亡者達は、われ先に出て行こうと門に押し寄せてきた。

玄武門からは悪魔達が、朱雀門からは死霊が、青龍門からは銀の巨人、白虎門からは精霊がこちらを覗き込んでいる。

そして銀鷲門からは、ライエル達も知らない、異国の神々が出てこようとしていた。

神々は、地上界が解放されたのかと。こちらの世界に干渉し始めようと出てきたが、ガブリエルは、

「出てきてはダメなの！　こちらから、戻るべきところに戻るだけなんだから」

ガブリエルが言い終えると、いつの間にか天使達は全員が銀鷲門の内側にいた。

その他にも、雷凰は玄武門に飛ばされ、須佐男以外の鬼神は、紫鯨門に飛ばされ入り終えると、それぞれの門は閉じて、消えてしまった。

天照や月読は、元々の居場所が地上界だったのか、どこにも送られることはなかったが、自然の中に解け込むかのように、いつの間にかいなくなっていた。

須佐男は、斬られた首を残して灰になり、その首も骨だけとなってしまった。

気が付いた〝くしな〟は、須佐男の骨を持って、どこかへ消えて行った。

ガブリエルは、朱天童子に言われたことを思い出していた。

「神々がこれ以上、人に干渉してはならない。今回は特に長く関わりすぎた。神話の時代を終わらせて、人々だけで進んでもらわなくてはいけない。そうしなければ、大日如来が

破綻する」

そしてもう一つ。「創造主なのか」の問いの答えと大日如来の姿を見て思い出した、朱天童子の目的だ。

朱天童子曰く、「草薙に閉じ込めた本来の力と記憶をすべて取り戻してはいないが、私は、創造主《そうぞうしゅ》とは少し違う。どちらかと言えば、製造主《せいぞうしゅ》であり、創作者ではない。宇宙を想像したものがいて、それを基に製作したのだ。そしてその想像主は、人である。私は、人の想像を具現化しただけだ」と。

人の想像力は、無限だ。

初めは、人間が住むための平らな星があり、その周りを太陽が回る大地しかなかった。やがて、丸い星を想像し太陽を回ることとした。次に宇宙の大きさを、その始まりを。異世界の存在、人とは異なる神々や、悪魔。そして宇宙の外側にある、物理法則の違う宇宙。別の宇宙世界への転生。

すべては、人が考え出したことを、私が現実のものと造っていったのだ。

そしてここに来た本当の目的は、本来、無限の時を持ったはずだった宇宙を終わらせるただ一人の人間。その想像を止めるために、地上に降り立ったが、その特異点の発生点が曖昧で、かつ朱天童子の扱える力からすると、あまりに微細な点を狙ってこなくてはならなかった。

結果、降りた時代がずれ、赤子の姿で顕現したのだった。

「だから、その時が来るまで人々の暮らしを見て、待つことにしたんだって」

天界に戻った、ライエルとミカエルに朱天童子から聞いたことをガブリエルは説明していた。


次、天ちゃんに逢えるのはいつなのかな。

その時、世界はどうなってるんだろう。

あれ？　一番初めに、この世界を想像したのって、誰？

別の終わり

今まで、そこにいた神々は、姿を消した。そして、残ったのは人と、悪鬼として恐れられていた、酒呑童子だった。

頼光達、大江山の酒呑童子討伐も最終局面を迎えていた。

酒呑童子の首は綱によって切り落とされ、頼光の頭上まで飛んで来た。最後の力を込め、頼光の兜に噛み付いたが、息絶えてしまった。

やっとの思いで鬼の討伐を終え、安堵を覚える、頼光と綱であったが、とてつもなく奇妙な感覚に襲われた。

「おかしい。我々は確かに酒呑童子を討伐に来たのだったが……先ほどまで、空に何かいなかったか?」

酒呑童子の首を取った綱が天を仰ぎ、よどんだ空を見回したが、特に変わったものは見当たらなかった。

その隙を突いたように、茨木童子が襲いかかってきたが、綱は紙一重で躱すと左腕を切り落とした。

これにはたまらないと、茨木童子は逃げ出そうとしたが、頼光が立ち塞がる。茨木童子は、斬られた左腕を振ると、血の目潰しで視界を奪い、その場から逃げおおせた。

これでひとまずこの世界での悪鬼討伐は終わり、今までの異変も、天狗にでも様子を見られていたのだろうということで、頼光達は帝の待つ都に引き上げたのだった。

綱の使用している刀は、名刀と称ばれる髭切だ。別名を草薙の剣とも称ばれ、悪鬼酒呑童子の首と、茨木童子の左腕を切り落とした。

だが、茨木童子は取り逃がしてしまった。

その様子を見ていた朱天童子は、ひとまず世の流れが、辿るべき道へと戻ったな、と瞼を閉じた。

これから千年、人々は神々に干渉されず歴史を積み重ねてゆく。

朱角

大江山に人が立ち入った。

それは複数の盗賊達であった。彼らは、少し離れた町や村で悪さを行い、居場所がなくなり、やがて自ずと集まって賊集団となった。山中の街道を通る商人や、旅人から荷を奪い、時には危害を加えるわけだが、須佐之男達鬼神は、人間同士の事柄には無関心を装い、一切手を出さなかった。

それをいいことに、鬼の住む山として恐れられ、人々が近づくことの殆どない、この山を根城にすることにしたようだ。


朱角は、鬼の館に迷い込んで来た山犬と遊ぶことが最近の日課となっていた。山犬も、朱角のことを気に入った様子で、朱角が背に乗ることも嫌がる様子もなく、むしろ、乗れといった感じで、駆け回っていた。

いつもは、酒呑童子にしがみ付きっぱなしの朱角だが、山犬の背が気に入ったのか、山中を夢中になって駆け回った。

やがて、朱角が辺りを見渡すと、酒呑童子がいないことに気が付いた。夢中になり過ぎて、離れ過ぎてしまったのだ。

朱角は、寂しくて泣きそうになりながらも、辺りを見回し、必死に酒呑童子を探した。

そして、気配を感じ取り、朱角はその手を取った。

朱角の掴んだその手は、酒呑童子の手ではなかった。どうやら、最近住みついた盗賊の一人のようだ。

「なんだぁ小僧！」

「手を離せ」

盗賊が言うが、朱角は、じっと前だけを向いて、盗賊を見ようとせず、必死に寂しさを堪えていた。

手を掴まれている盗賊は、腕を振り払うと、朱角は地面を転がり、違う盗賊にぶつかると、袖をひしっと握りしめた。

「こいつは、鬼の子だ！」

朱角の角を見て、その盗賊が気づいた。そして掴まれた袖を見ると、朱角の小さな手が握られており、その手は泥だらけであった。

「小僧！　ワシのお気に入りの一張羅に泥をつけよったなぁ！」

盗賊は、朱角の首を掴み、地面に叩きつけた。

朱角は、叩きつけられた衝撃は感じたが、思ったほどの痛みは感じなかった。それどころか、服や顔、手に泥が付いていなかった。どうしたことかと、手のひらを見る朱角に、「遅くなってすまぬ」と声をかけてきたのは、酒呑童子だった。そしてその側には、先ほどまで背に乗っていた、山犬が立っていた。

朱角が盗賊と出会った時、山犬が、酒呑童子を連れに走っていたのだった。そして、地面に叩きつけられるギリギリのところを、酒呑童子の風によって、衝撃を和らげることができたのだ。

「うちの孫が何かしたのかもしれんが、その対応はないだろう！」

酒呑童子は、酒臭い声で朱角を投げた盗賊に指を差し、上から睨み付けた。

「げっ！　お頭！　あいつはやべぇ奴ですぜ」

酒呑童子を見た盗賊の一人がそう言って、その相手と思われる男の横に移動した。

「前に一度だけ見たことがあるのですが、奴は鬼神の酒呑童子ですぜ」

すると盗賊の頭は、

「はぁ、あんな酔っ払い、囲んでしまえばなんてことねぇだろ。鬼神は、人を襲わないって話じゃねぇか。しかもこっちには鬼の小僧がいる。コイツの首を斬られたくなければ、身包み全部置いてきな！」

盗賊の頭は、朱角の髪を掴み、酒呑童子に要求を突きつけた。流石に盗賊だけあって、物を奪うことだけは忘れないようだ。

酒呑童子は、やれやれといった感じで頭を掻き、酒瓶を口に運んだ。

「酒を飲むんじゃねぇ！　それも置いて行ってもらおう！」

酒呑童子は酒を口にしたが、呑んだのではなく、勢いよく霧吹きのように噴き出した。すると、風に舞い辺りを酒の霧が覆った。そして風に勢いを付けると、盗賊達を斬りつけ始めた。

「酒の霧は、『裂け』の『斬り』。斬り刻まれろ」

盗賊達のギャァッと言う悲鳴と共に、霧はたちまち血で染まり、視界が真っ赤になった。

酒呑童子が霧を落とすと、盗賊達は、誰が誰か見分けのつかないほど、血の赤一色で染まっていた。

「こっ殺される」と、皆一目散に走り逃げ出した。酒呑童子は、頭を掻きながら、

「ばぁか。殺すわけないだろ。人を殺したら、こっちが須佐之男に殺されちまう」

酒呑童子は、盗賊達にかすり傷程度の傷を負わせ、最大限に大袈裟に見える演出を行ったのだった。

「ぼうず、大丈夫だったか？」

朱角を見ると、安心したのか、酒呑童子の足に、ワシッとしがみついてきた。

「すまんかったな。帰るか」

そう言って、朱角を抱き上げ、肩に乗せた。

何故か朱角に、血飛沫が全く付いていなかった。その時は何故か不思議にも思わなかったが、朱角が駆け寄ってきた足跡のところにも、血が付いていなかった。

酒呑童子と茨木童子

いつ頃からだろうか。大江山に鬼が出ると言った噂が立ち始めた。

その二匹の鬼は、人を襲い喰ってしまうという。一方は、美しい女性の鬼。山道の端に座り込み、苦しそうにしているところに、話しかけてくる旅人を襲うらしい。もう一方は、七尺はあろうかと思われる大きな鬼だ。

どちらに捕まっても、喰われる運命が待っているという話だが、大鬼に捕まった時に酒を差し出したら助かったと言う者が現れた。それ以来、その山道を通る時には、酒を持って行き、大鬼に出会った時には、酒を差し出すことで見逃してもらえた。女性の鬼に出会ってしまった時に、だめ元で酒を、渡してみた。しかし、こちらは酒に興味がないのか、襲われてしまうのだった。

二匹揃っていた時も、運が良ければ酒を差し出して、無事に通ることができる時もあれば、女性の鬼に襲われることもあった。それは、腹のすき具合や、機嫌の問題もあったのだろう。

生きて帰れた者達から、大鬼は、シュテン。女性はイバラキということが分かった。シュテンは酒を好むことから酒呑みの酒呑童子。イバラキは、茨の木の茨木童子と人々は呼ぶようになった。

大江山は、当時急速に発展していった都に然程遠くない北に位置していた。

何度か討伐隊や、腕自慢の野伏が討伐に向かったが、帰ってくる者は誰一人いなかった。最近になって台頭した帝は、「まだあの鬼を倒せる者は出生していない。時期を待て」と討伐隊派遣に反対していた。

今思えば、この鬼を退治することをできるのは、渡辺綱であり、その綱の誕生を待てと言っていたと思われる。

それは月読の言葉だったのであろう。

だが、山道を通る度に人々が襲われるかもしれないというのは、困った問題でもあった。

そんな時、ひと月ほど日照りが続いた。小川は涸れて、田んぼもいよいよ駄目になってしまうかと思われたころ、突然の嵐に見舞われ、洪水による川の氾濫が起きた。

大江山の麓に川などなかったが、一夜にしてできた川に一つの大きな影が立っていた。

それは、額に大小四本の角があり、その腕には、身長と同じ長さがあろうかとの剣を握っていた。

その鬼は、「おのれ天照」と一言口にして剣を川底に突き立てると、今までの大量の雨と川の水が、スルスルっと剣を突き立てた穴に流れ、消えていった。

「須佐之男様！」

そう言って片膝を付き、新たな鬼の足元に参上したのは、酒呑童子と茨木童子であった。二匹の鬼は、この新たな鬼の出現によって、自身の立ち位置を理解し、この場に参上したのだった。

酒呑童子から須佐之男と呼ばれた鬼は、遠く天を見つめながら、

「我は、人々を護らねばならぬ。さすれば鬼神となり、今後人々を襲うことは許さぬ」

この時より、大江山の鬼に人が襲われたという話は聞かなくなった。

須佐之男は、大江山の中腹に屋敷を構えた。相変わらず、酒呑童子は酒瓶を片手に昼間から酒を口にしている。

人差し指を立て、くるくると回すと軽い上昇気流が起きて、木の葉を一枚天高く運び去った。時折、その風を操る力を使い、天に駆け登る時があった。酒呑童子の言うには、「この上に俺の友人がいる」とのことだが、空を見上げても何もなく、酔った戯言かと誰もが

思った。

茨木童子は、あまりじっとしていることがなく、大江山をくまなく歩いていた。歩いてきた後ろを振り向くと、さっきまでなかった巨大な門が現れた。だが、それは前からあったかのように、気にも留めず、門の前に立っている鬼神に声を掛けた。

「これは多聞天。いつも門番大変ですね」

多聞天は、視線を真っ直ぐ前を向いたまま、「これが、我らの役目」と言い、体は微動だにしなかった。それは、まるで仏像のように。

茨木童子は、少し悪戯をしてみたくなり、多聞天に近づき、女であることをチラつかせ、強調してみせた。だが、全くの仏頂面した多聞天を見て、そんなことをしてみた自分に虚しさを感じてしまうだけだった。

「なんだ今の行為は？」

やっと返ってきた反応を、「今更⁉」とそれでも面白半分にからかい続けようとすると、

「あなたは、鬼神として仲間と思っていたが、そうではなく、この門を開けようとする、敵なのか？　であれば、排除しなくては」

と、茨木童子を捕まえようとしてきた。

茨木童子は、これはかかったと面白がっていたが、どうやら多聞天は本気で排除しよう

としていることに気が付いた。

「やだ！　ちょっと！」

逃げ回る茨木童子に、拳を振り上げ振り回すと、かまいたちが飛び、茨木童子の着物が切り裂かれた。着物が落ち、白い肌から薄らと血が滲んできた。

その時、玄武門から異様な気配がした。

門扉に隙間が見えた気がしたが、確認に近づくと、扉はピタリと閉まっていた。

次に玄武門が開くのは、それから三十年ほど時が経ってからのことだ。

鴉天狗《クロウェル》

私は覗いてしまった、あの方の心の闇を。そしてその闇は、私の心に黒い杭を突き立てた。私の白く透き通った翼は、黒く染まり、白い髪に影が差し、白い肌は暗黒に落とされた。

私に与えられた言葉は光だったが、その光は失われ、闇となった。

だが、後悔はなかった。天界から堕ちて行く時、この黒い闇に潜む願いを叶えて差し上げよう。そう思った。

どれくらい堕ちてきたのだろう。扉が見えた。もう、アークマスターのいる神殿に飛び上がることはできないが、扉の方に、向きを変えることはできた。

扉の前に降り立つと、後からやって来た下級天使が、扉に吸い込まれるように入って行った。扉は閉まっている。だが、向こうの世界に影響の小さい下級天使達は、無条件で扉を通り抜けることができた。

クロウェルも扉に手を当て、進もうとしたが、通してもらうことはできないようだ。扉を開こうとしてもびくともしなかったが、その様子は、向こう側に伝わっているらしく、

「この扉は、力ある者には開けることも通ることもできない。こちらの世界に何か用がありか？」

「私は、天使クロウェルと申します。そちらの地上界の人々を救うべく、唯一神に遣わされたのですが、どうか通していただきたいのです」

そう、クロウェルは嘘をついた。

話をしているうちに、向こう側にいるのは、この銀鷲門の門番の帝釈天だということが分かった。

帝釈天は、クロウェルの世界を救うという熱意に負け、門の扉を少しだけ開いた。

「こちらの世界への影響を考えると、これが限界だ。もし、この開度で出られるならば、こちらに来ることを認めよう」

クロウェルは、少し開いた扉から、腕を出した。その腕は、今までに見たこともない、真っ黒な肌で、とても天使の腕とは思えない。そう考えた次の瞬間、その手は、出ようとするのではなく、扉を掴み開こうとした。帝釈天は、それを見て、あれはこちらに出してはいけない存在だと、瞬時に扉を閉じようとした。すると黒い手は、帝釈天の腕を掴み、扉の

向こう側に引っ張り込んできた。

帝釈天の姿は、地上界から消えてしまった。天界へと連れて行かれたのかと思われたのだが、それも違ったようだ。クロウェルは自分の方に引き込んだ際、帝釈天の手首を掴んだ。帝釈天もその手の手首を掴み返し、互いが互いの手首を掴む形となった。そしてお互いが引き合う形となったが、クロウェルが優勢で、帝釈天は門の中へ引きずり込まれた。だが、帝釈天の能力の大きさに、扉の開度が足らず、帝釈天は、地上界と天界の狭間に落ちてしまった。

帝釈天の手にはクロウェルを握った腕だけが残っていた。クロウェルは左腕の手首から先を失った。帝釈天を引いた時、激痛を感じ腕を見ると、自分の腕が、元の半分以下まで握り潰されていたのが見えた。後は、そのまま細い木の枝を折るかのように、へし折られ、自分の左手は永久に元の場所に戻ることはなくなった。

腕がなくなったことで、張り詰めた鉉が弾かれるように、クロウェルは後ろに弾かれ落ちて行き、痛みで気を失った。

そして次に気が付いた時、先ほどとは違う扉の前に倒れていた。その扉は、既に開かれており、向こう側の者と思われるのがそこに立っていた。

「これはこれは、堕天使様。ようこそいらっしゃいました」

その者は、クロウェルの左腕を見ると、

「ほほう、腕をなくされたのですか。ならば」

そう言うと、何者かがもう一体そこに現れた。

「左腕を」

初めにいたそれが言うと、後から来た者は、何も言わずに膝を折り、左腕を水平に差し出した。すると、どこからともなく、ギロチンの刃が落ちてきて、左腕を切り落とした。

「さ、さ、この腕を付けなさい」

切り取られた腕を、クロウェルの左腕にくっ付けると、またもやどこからともなく縫合糸が現れ、縫い付けてしまった。

クロウェルは、はっきりとしない意識の中で、その様子を見ていた。

ハッと気がつくと、そこに誰もいなかったが、左腕があり、自分の意思で動かせた。目の前には、先ほどの扉があった。やはり扉は開けることはできないようだ。

諦めて、背を向けようとした時、左手が扉に手を掛け、開けていた。左手が自分の意思とは関係なく動き、扉を開けていたのだ。

左手の開けた扉を潜ると、そこには先ほど左腕を縫合した者が立っていた。

「ようこそいらっしゃいました。ここは俗に言う魔界でございます。私どもは、天使とは敵対するのが一般的でございますが、堕天なされた方は、歓迎を致しております。申し遅れました、わたくしベルゼブブと申します」

礼儀正しくお辞儀をしたそれは、人からは魔族と呼ばれる種族であったが、人間とさほど見た目に違いはなく、大きめの人といっただけであった。

「私をこちらの世界に導いて、何が目的か」

クロウェルが聞いた。ここが本当に魔界であるとすれば、天界とは相反する世界。自分は、堕天したとはいえ、天界に反逆する意思があるわけではなかった。ミカエルの心に潜む闇の先を見たい。ただそれだけだった。

しかし、この魔界からすれば堕天使は、天界への反旗を翻す反逆の申し子のはず。その気がないとバレてしまったら、自分の立場がどうなるのかと不安が過った。

「何も不安になる必要はございません」

その言葉に汗が滴った。

「説明が不足しており、申し訳ございません。先ほど縫合した左腕は、あなた様の思考を読み取っています。ゆえに、考えていることが、分かってしまうのです」

クロウェルは、しまった！　と思うと同時に、左腕を切り落とそうと、手刀を構えて左腕に突き立てようとした。だが、左手が人差し指と、中指で手刀を挟み受け止めてしまった。

「そこまででやめましょう」

ベルゼブブが言うと、左腕はクロウェルの意識下に入ったようで、自由に動かせるようになった。再び、左腕を切り落とそうとすると、

「お待ち下さい。先ほどまでのことは謝罪いたします。もうその腕は、あなた様のものですので、勝手に動くことも、思考を漏らすこともありません。私どもはただ……」

ベルゼブブは、言葉を濁した。それは、何か条件があるのかと、身構えるクロウェルだったが、余計な心配というか、肩透かしをくらったようだった。

「我々は、ずっと待っているのです。予言の堕天使、我らが王を。左腕からの情報では、予言の堕天使とは、お名前も違っておりましたので、お引き留めをするわけにはまいりません。ですので、今後はご自由になされて結構です」

「なっ！」

言葉に詰まってしまったクロウェルだが、解放されてホッとしたのか。自分には用はないと突き放され、馬鹿にされたのか。複雑な気分だ。

気を取り直して、「おまえ達の待っているという、予言の堕天使の名は？」と聞いてみた。

「それは、ルシファー様でございます」

「ルシファー、それはもしかして、ルシフェルのことか？　ルシフェルのことだとしたら、あの方が堕天するなど、考えられん。何かの間違いではないか？」

そう答えると、ベルゼブブは、

「間違いなく、アカシックレコードにはそう予言されております」

クロウェルは、アカシックレコードのことははっきりと知ってはいなかったが、アークマスターが時折目にしていたそれだと理解できていた。だが、言葉の微妙な違いに違和感を覚えたのは確かだった。

「ルシフェルとルシファー」

言葉に出したが、その違いが何を意味するのかは、到底分からずじまいだった。

とにかく、自由を得たクロウェルは、魔界を飛び回り、その様子を見て回った。飛び回ると言っても魔界には空がなく、飛び上がることができるのはせいぜい一〇メートルといったところだった。それ以上高く飛ぼうとすると、何かに押しつけられるように押し戻される。もちろんこの世界にも山や高い建物があるのだが、不思議なことにそこまでは飛び上がることができるのだった。

ベルゼブブの言うには、

「この世界の空は、天界に奪われ、水は地上界に奪われた。この世界に言い伝えられてきたことです。我々の悲願は、奪われた空と水を取り戻すこと。それを叶えてくれるのは、魔王として降臨される堕天使ルシファー様なのです」

と説明していた。

その後も探索を続けたが、街は乾燥していて常に埃っぽい。木々もあるにはあるのだが、葉のある木を見つけることはできなかった。

街に降り立つと子供が寄ってきて、

「あなたがルシファー様なのでしょう。この世界を救って下さるのですよね？」

と、どう見ても、この世界は裕福ではなかった。

日の光は天界の数十分の一程度しかなく、乾燥した土地には、地上界から漏れ出た僅かな水で、何とか食物を栽培していた。子供達もやつれていて、明らかに飢えているようだ。

そして私に向ける眼差しは羨望であり、純粋な希望そのものだった。

「あなたがルシファー様なのでしょう？　私達をお救い下さい」

堕天した私をルシフェル様だと思って、縋るように願う彼らを、振り払うことはできなかった。

堕天したとはいえ、自分にはまだ、弱きものを救いたいという気持ちが残っているのか。気持ちの整理のつかないまま、「私はルシファーなどではない！」と魔人の子供を突き放し、その場から飛び去った。

高く飛び上がることはできないが、それでもこの悲惨な状況を少しでも見ずにいられる方が良かったのだ。

だいぶ遠くまで飛んで来たなと思った頃、大きな次元の扉をみつけた。

場所からすれば、天界への扉とは明らかに違うであろうその扉の前に降り立つと、門番はいなかった。

左手で扉に触れると、〝開く〟と直感的に分かった。どうやら、左手は開ける〝資格〟を持っているのだと思われる。あの時、左腕を提供した魔族は、この世界の門番的存在だったのではないかと、今更ながらよいものを貰ったと感謝した。これで、向こうの世界へ行くことができると分かった。

だが、直ぐに扉を開けようとはせず、向こう側の様子を窺ってみた。ほんの少しだけ扉を開き、周囲の様子を窺う。

向こう側には、先に対峙した帝釈天とそっくりな鬼神が立っていた。そう、この扉の向こう側は地上界で、この魔界とも繋がっていたのだ。

クロウェルは、天界から地上界に出ようとした時、帝釈天と対峙した。握られただけで、私の腕を潰し、折ってしまうほどの鬼神だ。

周りの景色といい、場所も違うため、あの帝釈天とは違う鬼神とは思うが、まともに取り合っては、勝ち目がないであろうことは容易に想像できた。

クロウェルは、天界への扉のところまで戻ると、ベルゼブブに、「私は、これから地上界へ行こうと思う」と伝えると、それを阻止しようとする、鬼神の存在を伝えた。

すると、「私の部下をお貸しいたしましょう」と数名の魔人を呼び出した。

「彼らは、特に脚の速い者達で、撹乱には適しているでしょう。幸運をお祈り致しております」

そう言って、天界への扉に向かい、誰かを待つようにじっと立っていた。

それ以降、ベルゼブブとは言葉を交わすことなくその場を去り、ベルゼブブの部下達と地上界への扉に向かった。

部下の一名は、アモンと名乗った。他の二名は、言葉を発することもなく、無言でついてきた。アモンは、

「あなたはメフィストフェレス様の左腕をいただいたのですね。それだけで、私達はあの方のように忠誠を誓える」

クロウェルはアモンに「何故そちらの御二方は何も話さないのですか?」と聞いた。

「これは理由も話さず失礼いたしました。我々魔族は、複数が随伴する場合、その中で一

番上位の者しか、主と話をしてはならぬ決まりでして」

それを聞いてクロウェルは、自分のことを気に入らず不機嫌になっていたのではないかと、少し気不味い思いがあったので気が楽になった。

再び地上界への扉に到着した堕天使クロウェルと魔人のアモン達は、扉を開けたあと、アモン達三名が鬼神を撹乱することとし、その隙にクロウェルは、地上界の空へ飛び出す。

このように作戦を立てて、扉に手を掛けた。

クロウェルは一気に扉を開くと、アモン以外の二名が鬼神の方へと走り出した。


六道門の一つ、玄武門が開かれた。開いたのは、こちら側からではない。向こう側の世界の何者かによって、開かれた。

多聞天はもちろん、その自らが守護すべき門が開いたのだから、即座に臨戦態勢に入った。

こちら側から開けていないということは、向こう側から開けたということ。つまりは、向こう側の世界の何者がこちら側に来ようとしていることとなる。

今まで、一度たりとも開いたことのない、門扉が開いたことに、何の疑念もなく、来訪者を襲撃者として対処することにした。

門から出てくる者はすべて敵であると、瞬間的にそう思ったのだ。

こちらに向かってくる敵は……二人？

見るからに、人間と変わらない外見をしているが、走ってくる速度から、人とは明らかに違う生き物であると容易に想像できた。二人の魔人は左右に分かれ、挟み撃ちにするようだ。体勢を低く取り、大きく弧を描いて犬のように走り寄ってくる。

それは同時に多聞天に辿り着くはずだったが、右側から回り込んだ方が早く辿り着いてしまった。いや、多聞天が摺り足によって、右方向に移動していたのだ。しかも、敵にそれを悟られることなく。

多聞天は冷静に、右方向からの敵を捕まえ、首を脇で締めた。

左側から回り込んだ魔族が、「オルトロス！」と叫んだ。

どうやら、右脇に抱え込んだ魔人の名前らしい。

次に、左手に持っていた槍を向かってくる魔人に突き出した。その突きを紙一重で躱し、詰め寄ってきたが、多聞天は既に槍を離して、その手で首を掴み取った。

右脇に抱え込んだオルトロスが、もう一方の魔人に、「ケルベロス……」と苦しそうに掠れ声で名を呼んだ。

どうやらこの二名の魔人は兄弟のようで、連携した動きが得意のはずだったが、多聞天の前では無力だった。

首を絞められ、落とされようとした時、アモンはクロウェルに、

「さあ、今のうちに行って下さい」

そう促すと、クロウェルは、西の方の上空を目指し飛び立った。

それを見てアモンは、東の空へ羽ばたいて飛び上がり、「上手くいった！　俺もこの世界で自由に人を殺せる！」と笑いながら飛んで行く。

それに気が付いた多聞天は、この二匹は囮であることに気が付いたが、既に手の届く範囲をこえられてしまっていた。


だが、西の空で落雷が発生し、クロウェルが撃ち落とされた。茨木童子が駆けつけ、撃墜したようだ。

もう一撃と、今度は東の空へ電撃を飛ばしたが、威力も距離もアモンには届かなかった。

アモンはそれを見て、「そんなしょぼい雷で、私をどうこうしようとは、笑止！」と、笑っていた。

アモンが後ろを気にして飛んでいると、突然空中で何かにぶつかった。前を見るとそこには、酒瓶を持って、いかにも酔った不機嫌そうな鬼が空中に立っていた。

玄武門が開いた瞬間、大江山の鬼神すべてが察知した。それは、向こう側からの敵襲に備えるという、条件反射にも似た行動で、飛び出してきた敵に対しての対応をしたのだった。

酒瓶を持った鬼は、

「折角、酒を呑んでいるというのに、門を開けて邪魔をするのはおまえか？」

そう言う鬼の身長は、アモンより少し低い。アモンは少し目線の下にいる鬼に、この程度の奴が私の相手になるのかと、酔った鬼に爪を立てた手刀を放った。

だが、酔った鬼はふらつきよろけた拍子に、その攻撃を躱してしまった。

「運のいい奴め。だが、偶然は二度は起きない！」

アモンは、もう一撃放った。更に影の手で二撃目が入る完璧な攻撃を仕掛けた。しかし、またもやふらりと一撃目を躱してきた。アモンもそれを予測して放った影の手が決まった。だが鬼を貫こうとした爪は、鬼の人差し指の爪先で防がれ、その勢いも、まるで鳥の羽を押したかのように、ふわぁっと風に乗り吸収されてしまった。

「わざわざ門まで開けてきた敵だから、どれほどの者かと来てみたが、大したことなかったわ」

「なっ、なにを！」

その後も、息を吐く間もなく、爪を立てた突きを繰り出すが、何度やっても、ふわりふわりと、鳥の羽に攻撃してるかの如く、手応えを得られなかった。

「いいか、突きというのは、こうするんだ！」

そう言って、空手の正拳突きのような拳を一閃すると、アモンはそれをまともに喰らい、悶絶してしまった。

「いいか若造。俺は酒呑童子。忘れなかったら、また今度相手をしてやる。出直してこい！」

そう言うと、アモンの首を掴み玄武門へと投げ飛ばした。

多聞天も丁度、ケルベロスとオルトロスを玄武門の向こうへ追い返すべく、門の前にいた。そこへ飛ばされてきたアモンと合わせて、魔界へと放り込んだ。

一方クロウェルは、茨木童子の雷を受け、近くの村外れに墜落していた。

雷による体の痺れと、地上に激突した痛みで、指を動かすのもままならない状態のところへ、歩み寄る影があった。クロウェルは、もう駄目かと思った。だが、近づいた影は、

「おお、これはこれは、真っ黒な天狗様が雷に撃たれて落ちてこなさった。早う、うちに連れて行き、手当をしなくては」

村人は、大八車に四人がかりでクロウェルを乗せると、自分達の家へと連れて帰った。

それを追っていた茨木童子は、人の手に渡ってしまったことで、手出しができず、その

ことを須佐之男に報告した。

須佐之男は、「人のすることに、手出し無用」としたが、茨木童子は「異界の危険な者を、人に任せるなどと、危険すぎるのでは」と意見した。酒呑童子も、「俺も茨木の言うとおりだとは思うが、暴れはじめたら、俺が相手をしてくるわ」と、最終的には、須佐之男に従ったため、とりあえずは、様子を見ることとなった。


こうして、魔界からの襲撃は収束したが、クロウェルは今後この玄武門を開けることに執着することとなる。

この後出会うクラマエルこと鞍馬天狗に、玄武門こそ天界へのヘブンズドアとして、我々天使が帰る場所だと、嘘の扇動をするのだった。


村人の治療のおかげで雷撃の傷も癒えたクロウェルは真っ黒なため、人々からまるで鴉のようだと、鴉天狗様と呼ばれるようになる。

助けてくれた人々への恩返しではないが、時々、村に顔を出しては、困ったことがないか聞いてくるようになった

去りし後

朱天童子の首を斬り落としたと思った綱だが、実際はその刃を、朱天童子がその首で吸収してしまったのだ。今まで、切れぬものは何もなかった髭切が、逆に〝斬られた〟のだ。そんな奴に睨まれ、恐怖した綱は、手に残っていた髭切を朱天童子に投げつけてしまった。

朱天童子は、飛んできた刃に触れることなく柄を掴んだ。

周りの者達も、その後にどんな行動に出るのか、唾を呑み込み、じっと様子を窺っていたが、朱天童子は苦しそうにしながら空へ飛び去ってしまった。

先ほどまで、朱天童子が立っていた場所に横たわっていたはずの、大人になった〝くしな〟の姿は消えていた。

だが、くしなを須佐之男の正体だと思い、斬ろうとしていた綱にもそのことに気づかなかった。綱の身体は徐々に河童のように変化しつつあった。既に、戦闘を継続する気力もなくなり、喉が渇いたと、水を探し回り、屋敷の中にあった水瓶に首を突っ込み入れていた。


雷凰とミカエルは、上空に駆け昇り戦いを続けていた。雷凰の雷は龍のように、ミカエルの炎は鷲のようにも見えた。

ライエルはイラついていた。

人間に力を与えるべく人魚を喰わせ人ならざる力を与えた綱も、今や人魚のように変化してしまい、もう役に立ちそうもない。ミカエルは、天使長らしく神々しい姿に変わった。そしてまるで悪魔、そう魔王のような雷凰と戦っている。どうみても彼らのほうが私より格上だ。そう見えてしまうし、実際にそうなのだろうということが分かってしまう。

ライエルという天使は、最強の天使の王ではなかったのか?

地上を制圧し人間達を支配しようと、悠長に人間と鬼神との争いを見ている間に、これほどまでの変化が起きて、まるで自分は取り残されてしまったように孤独を感じていた。

「もういい。すべて壊そう。どうせ人間とその世界をすべて壊すつもりだったのだ」

その言葉は、誰かに聞いて欲しかったのかもしれない。同意が欲しかったのかもしれないが、皆、私のことなど見ていない。少し寂しげに、口にしたその言葉を実行すべく、両手を軽く合わせると、手の中に極小さな黒い点が現れた。それはとても小さな点に過ぎなかったが、みるみるうちに、豆粒ほどの大きさになった。

ライエルの天使としての言葉は、〝重〟である。掌の中で、空気を幾重にも重ね合わせ、ついにはシュワルツシルト半径を超えた密度を作り出したのだ。その黒い事象の地平面は、周囲の空気を大量に吸い込み、その異常さに周りの者達も気づき始めた。

ライエルは、「これは、す、素晴らしい力だ！」と歓喜したが、違和感を覚え始める。この超重力の塊の力を、制御できないことに気が付いたのだ。

やがて、ライエルの掌の皮を引き裂くように吸い込み、腕ごと吸い込まれた。腕を千切られ身体を吸い込まれることは免れたが、それも時間の問題となった。だが、

「この素晴らしい力が、すべてを吸い尽くしてくれる。すべて呑み込み、何もかもなくなればいい！」

そう言って、ライエルの身体は黒い球体に吸い込まれて潰されてしまった。

そして側にいたウリエルも抗うが、虚しくなるほど無力なまま、黒い球体に引き込まれ身体を極限まで潰されてしまったようだ。

嵐のような風が、黒い球体に向かって吹いている。だが、普通の風と違うのは、黒い球体に向かい、一方通行であること。

そして、時間が経ってくるに従い吸い込む力は強くなっていき、地面の草木をも取込み始めた。

雷凰とミカエルは、黒い球体を破壊しようと、雷撃と焔を繰り出し攻撃したが、破壊どころか、それすらも吸い込んでしまったのだ。

幾度かの攻撃後に雷凰が、

「ミカエル、攻撃を止めろ。あれは、我々の攻撃を吸収する度に大きくなり、周りの物体を引き寄せる力が大きくなってくる」

だがミカエルは「私の焔で焼き尽くせないものなどない。私の力を見せてくれる」と、攻撃を止めなかった。

ミカエルの焔は、太陽そのものと同じだ。その焔を吸収した黒い球体は、急激に巨大化し、周りの木々や鬼の屋敷をも、吸い込みだした。

須佐之男の身体も引きずられながら、徐々に引き寄せられていく。意識はあるが身体を動かすことができない。

須佐之男は、あの黒い球体の本質を理解していたため、どうすることもできずに本当の死を覚悟した。

須佐之男は、事象の地平面を潜った。

周りには何も見えない闇。何も聞こえない音の闇。何も感じない感覚の闇。闇が支配しているのは、既に死を迎えたからなのか？

ふとおかしな感覚だと思うことがある。とても時間の流れがゆっくりと感じる。比較するものがないので、勘違いなのかと思ったが、後ろを振り向くと、さっきまで自分がいた世界が見える。それはとてもゆっくりと動いていて、止まっているかのようだった。だが少しずつ、僅かにだが世界はこちら側に引き寄せられているのが分かった。

世界は黒い球体に引き寄せられ、更にその大きさと重力を増していった。

周りのものをあらかた呑み込み、須佐之男の持っていた剣を呑み込もうとしていた。

須佐之男の剣は、彼の五本目と六本目の角でできている。それが理由なのかは分からないが、その剣は、須佐之男以外には振り回すことも、持ち上げることすらできなかった。それだけの質量のためか、黒い球体に引き込まれるのは〝最後〟になった。

それも、須佐之男の剣は、引き寄せられるのではなく、吸い寄せようとする球体の方が寄ってくるというほどにピクリともしなかった。

徐々に剣に近づき呑み込むと、黒い球体は今までの何百倍にも膨れ上がり、大地の半分を呑み込んだ。

他の者達がどうなったかは知れないが、須佐之男の意識は潰されず、呑み込まれてくるものを見ていた。こちらの世界に落ちてきたものは、自分の意識以外は例外なく、粉々に引きちぎられ、極限まで潰されていった。

「これが、この世の終わりというやつか」

いずれ、この意識も潰されてなくなっていくのだろうと、考えるのを止めようとした。

ずっと暗闇の世界。光さえ重力の中心に引きずり込まれ、何も見えなくなった。

だが、不思議と目の前が朱に染まった。

この朱色は見覚えがある。私の血の色。いや、そう、朱角の角を染めた血の色。これは、朱天童子の角だ。

そう思ったのだが、この世界全体を覆い尽くす大きな朱い光に、何故か違和感はなかった。

その光が、スーッと身体を通り抜けてゆく。

気が付けば、黒い球体の闇を持ち去っていくようだった。まるで、魚の漁に使う網が闇を捕まえ、自分はその網目からすり抜けていくような感覚を覚えた。

気がつくと、周りの景色は元通り、緑豊かな大江山が目の前に聳え立っていた。

周りを見回しても、自分以外の鬼神はおろか、天狗も天使もいなければ、六道門すらなくなっていた。

見慣れた大江山だったが、自分は違う世界に来てしまったのではないかと思った時、道を歩く一人の女性を見つけた。見覚えのあるそれは、くしなであった。

何かを大事そうに抱えて歩いている。

くしなに話しかけようとした時、抱えているのが、自分、須佐之男の頭蓋であることに気づく。

そして今、自分はまるで幽霊のように、実態のない希薄な存在であると気が付いたのだった。

それと同時に、そこから進むことができなくなり、くしなは徐々に遠く離れて行き、ついには見えなくなってしまった。

ガブリエル

「熱い！」

そう言って、朱色の角を叩いた。

「今、恒星の側を通った！」

彼女が掴んでいる朱色の角は、その手で掴んでいられるほど細い円錐形なのだが、その広がってゆく方向に、朱天童子の顔が見えるわけではない。

その角を辿って行けば、いずれは辿り着けるのだろうが、たとえ何万光年進んだとしても到底辿り着かない。

朱天童子の身体は、銀河どころか、その大集団である超銀河団よりも大きくなっている。今も大きくなり続けているのだが、先端の太さは変わらないので、握っていられたのだ。

ガブリエルは不機嫌そうに、辺りの惑星から水を掻き集めて身体を冷やす。いや、それは液体だが水ではなく、メタンだった。

液体を操る能力、それがガブリエルの力だ。その力で大量の水を操り、都をすべて押し潰してしまおうとしたところ、天照に阻止されて、宇宙に飛ばされ漂流していたところを、朱天童子に拾われたのは、もう何千年も前のことだ。いや、何万年か何億年かもしれないが、そんなことは大した違いでないことと思えるほどの時間が過ぎていた。

その間も、朱天童子の身体は光速を超える速度で大きくなってゆくが、角の先端にいるガブリエルには、とても実感が湧かなかった。いつでも朱天童子とは目の前にいる時と同じように話せたし、お腹が空くこともなかった。

ある時、朱天童子からここで待っていて欲しいと言われて、何もない闇の中に一人孤独に過ごすことになった。朱天童子はここから出ると言って、どこかに消えてしまい、独り言のように文句を言っていたが、それもやがて虚しくなり、涙を浮かべながら丸まって眠りについた。

千年後へ

あれは何だったの?

幾つもの過去があったが、そこにいたのはすべて私だ。

並行世界のそれぞれの出来事なのか?

だがその行先は、すべて今のただ一つの事実に繋がっている。

そもそも私は、一体誰なのだ?

私が私であることを、いつから意識し始めたのだろうか。

ずっと昔からそこにいたはずなのに、それが誰であったのか、確定的な答えは浮かんでこない。

夢心地のように、そこに起こった出来事を見ていた。

あぁ、その時が近づいてきたのか。

ふと目を覚まし、外が明るくなっていることに気がつくと、さっきまで現実だった世界は、瞬く間に夢の中の出来事となってしまった。

品田花恋――それが、今の現実を生きている私の名前だ。

父の話によれば、ご先祖様は須佐男と櫛名田姫から連なる家系らしい。品田という姓も、クシナダ姫から九つの品田家、つまり九品田であり、その内の末席がうちの家系だとか。九つの品田家は、何故か常に男子が一人しか生まれず、九家の家系以上に増えも減りもせず今に至るらしい。

だがここに来て、初めて女の子である私が生まれてしまい、品田グループに衝撃が走った。

品田グループとは、品田の九家がそれぞれ社長を務める会社が集まってできた、グループ企業だ。

九家それぞれが社長と言ったが、私の家が社長だったのは祖父の代までで、私の父は何というか、パッとせず、やっと係長になった程度だ。それでも、祖父は父をなんとか後取りとして重役に上げようとしていたが、父は「私には、そんな能力はないよ」とおよび腰だったし、何より私が生まれたことで、父は完全に、昇進の道を閉ざされてしまった。

元々能力の低かった父は、他の八家から、品田家の血筋ではないのではないか、祖母が他の男の子供を祖父の子と偽ったのではないか、と疑われ、ＤＮＡ鑑定まですることになった。

だが、その疑いは直ぐに解消された。そして次の矛先は、母と私に向けられたのだった。私にとっては、そんなことはどうでもよかった。私は、私として生きてる。そんな、血筋だとか、須佐男の末裔とかは関係ないのに。

鑑定の結果、いろいろな疑いは晴れ、普通の生活には戻れた。

だけど今度は、いつも視線を感じるようになった。たぶん、品田グループが監視のために、誰かが尾行してるのだろうと思った。まぁ、ボディーガードがついてきてるのだと思えば、逆に安心だと思うことにした。

ふと、思ったのは、私が生まれて十六年も経つのに、何故今頃そんなことが話題になったのか、後から思えばとっても違和感のある出来事だった。それまでは、誰も見向きもしなかったうちの家のことなのに、急にだ。

最近見る夢、なんだかそれに関係する気もしたけど、学校に行き友達と話をしていると、そんなことも直ぐに忘れてしまっていた。

しばらくすると、また品田がらみで騒ぎが起きた。グループ筆頭の家に、代々受け継がれてきた須佐男之尊の面がなくなったらしい。私はそれを見たことはなかったが、祖父に一度だけ聞いたことがあった。その面は須佐男の頭蓋骨でできており、額には四本の角が生えている。額から上顎までの前面の部分しかなく、本当にお面のようだと。その時は、ふーんと聞き流したが、今は何故かその形がハッキリと頭に浮かんだ。

それを、須佐男の面と呼び、筆頭家が管理していたらしいが、行方を知らないかと、人が家を訪ねてきた。それはネットでしか見たことのない、筆頭家の社長で、グループのトップだった。

父が話をしていて、私も呼ばれたが、「あなた達が、私をずっと監視をしているのに、聞く必要があって?」と言うと、一瞬、不思議そうな顔をしたが、忙しそうに帰って行った。

その件を聞こうとしたのか、父に呼び止められたが、さっさと部屋に戻ってきた。ベッドにうつ伏せになり、横の机の上に目をやると、見慣れないものがあることに気づいた。

なんだろう?

「首飾り?」

それは優しい紅色をした勾玉の首飾りだった。

「私、こんなの持ってない。お母さんかな」

その時は触れもせず、ベッドで寝入ってしまった。

やがて、いつもの夢を見る。

千年もの昔、とても綺麗な女神に出会った。私が抱えていたものを見て、「これも持って行きなさい」と差し出されたのが、紅色の勾玉だ。

「我が弟が黄泉帰る時に必要になるだろう」

そう言って、私の首に掛けてくれた。

また昔の夢？

そう思い机の上にあった、勾玉を確認しようとしたが、そこにはなくなっており、自分の首に掛かっていた。

「私が、寝ぼけて掛けたかしら」

紅い勾玉を手のひらに乗せると、勾玉は糸の束のように解れ、その先端が飛び出して行った。シュルシュルっと伸びていく糸は、部屋の中を数回巡り、やがて窓の隙間から外へ出ていった。

ほんの数分もした時、糸は勾玉の方へ戻ってきているのに気が付いた。

カコッと窓に何かが当たった音がして、確かめるためにベッドから降りると、糸の先端に白いものを絡め取ってきたらしく、窓の隙間から部屋に入れずに何かが引っ掛かってしまったようだ。

それはカラカラと音をたてながら、まるで「入れて入れて」とお願いしているようにも思えて、鍵を開けようと窓に手を掛けた時、それは部屋の中に入ってきた。

「あれ、どうやって入ったの？」と、それに向かって思わず口から出てしまった。

拾い上げたそれは、額に四本の角を付けた鬼の面だった。花恋の顔の二回りほどの大きさで下顎はないが、覗き込むと花恋の顎まで隠れてしまうようだった。

「くしな」

どこからか声がした。

「あれ、このお面が喋ったの？」

今度は正面から見たが、何も聞こえない。さっきと同じように、内側から面をつけるように覗き込むと、また、

「くしなよ。久しいな」

そう聞こえた。

「あなたは誰？　それと私はくしなって名前じゃないわ」

「私は須佐男。かつては鬼神と呼ばれ、この国の人々を護る役目を負っていた。そして、おまえはくしなで間違いない。千年前、私の妻だった。そして私の身体だった者」

「そんなこと言われても、私知らない」

そんな花恋に須佐男は、くしなの三人の息子、九人の孫から連なる流れを語った。それ

は言葉としてではなく、花恋の頭の中に直接的なイメージが流れ込んでくるようだった。

くしな自身の死後、その身体を構成したものの一部は、くしなの子孫に受け継がれた。そして残りの身体の原子一つ一つは自然の中に放出され、果てしなく世界に分散していった。そして、今に生まれ変わるために、再び収束して、くしなと全く同じ原子レベルで花恋の身体となって戻ってきた。

花恋は、その身体の細胞の一つ一つがどこへ行き、どんな経緯で再び自分へと成ってきたのかをこの数分で体験した。

花恋は沈黙していた。ようやく口を開いたのは、何か吹っ切れた顔付きになってからだった。

「ごめんなさい。私ね、本当は知っていたんだ。スサノオと、クシナダ姫の家系の話を聞いた時、何で私だけ女の子なんだろうって思った時から、もしかしてって。だから怖かったの。〝また〟お父さんお母さんと別れることになることが」

「すまぬ」

須佐男がそう言うと、花恋は黙って頷いた。

八尺瓊勾玉が糸のようにバラバラになり、須佐男の骨と花恋の身体を縫い付けてゆく。

須佐男の右手が形作られると、その手で窓を開けて軽々と外へ飛び降りた。庭に降り立つまでには、あの時の須佐男の身体を取り戻し終えていた。

そこへ、買い物から帰った母と、外が気になり玄関から父親が出てきた。二人は、須佐男を見ると驚いた声は出したが、狼狽えることはなかった。

「スサノオ様？」

「二度もすまぬな。くしな……いや、花恋とはもう会えぬだろう」

須佐男はそう言うと、歩を進めた。そして、

「品田九家。ご苦労であった。これから先は､須佐男の呪縛より解放されるだろう。そう、皆に伝えよ」

二人は涙を浮かべていた。そして、須佐男に向かい、

「いつか帰っておくれ。くしな（かれん）……」

涙に震えた声で呼んだ名はどちらの名だったのか。須佐男はそれに答えることはなく、やがて見えなくなった。

須佐男の中にいる時、くしなは半覚醒の状態だ。そのため、外部と話をするのは須佐男だが、くしなも須佐男と話をすることができた。

（これからどうするの？　どこかへ向かってるの？）

「都へ向かう」

（都って、私達が昔いた場所？）

「そうだ。あそこには行って確かめなくてはならないことがある」

（確かめる？）

「何かに呼ばれている気がする。それを確める。それともう一つ、我が兄、天照のこと。今の様子から、天照がこの時代にいないとは分かるが、それにしてもそれ以外の神の存在がなさすぎる」

（あっ、私も夢に出てきた勾玉をくれた女神様に会いたい）

「勾玉の女神……あぁ、月読のことか。この勾玉は本来月読が持っていたほうがよいもの。返さなくてはな」

須佐男が言うに三種の神器は、光の象徴である八咫の鏡は天照。命の象徴の八尺の勾玉は月読が。そして力の象徴の天叢雲剣は須佐男が、持つのが本来相応しいのだが、何故か、須佐男は八尺の勾玉を、天照は天叢雲剣を、月読は八咫の鏡を持っている。

そのことを、いつからか違和感として感じていた。

そう思いながら、須佐男は西へ向かった。

ガブリエル再び

「やぁ、やっと来たね。意外と遅かったじゃないか」

そう言って須佐男を出迎えたのは、見た目には十四、五歳に見える女の子だった。

どこかで見たことのある感じがして、須佐男は身構えた。そして、「おまえ、人間ではない、な」と言うと、「流石だねぇ。鋭いスルドイ」と彼女は嬉しそうに笑った。

「たしかにそうだね。人間ではないのは正解。でも、あなた〝達〟の敵ではないわ。少なくともね。呼ばれたんでしょ。ここに祀られている朱天童子に」

彼女と出会った場所は、千年前に都として栄えた土地の一角にある神社だ。彼女は、ここを訪れた須佐男を、鳥居の上から声を掛けたのだ。

須佐男の身長より高い場所で待ち構えるなど、確かに人間の少女にしてはおかしな行動であるが、それ以上に人間とは思えない理由を須佐男は感じとっていた。

「貴様、何故その名を知っている」

「そんなの当たり前よ。あなた達なんかより、誰よりも長く一緒にいたんだもん」

そう言って、鳥居からクルッと回転して降りてきたと思ったら、着地寸前で空に向かって身体が浮いた。

視線を上にすると、太陽の眩しい光が目に差したが、直ぐに何かの影で遮られた。

先ほどの少女だと直ぐに理解したが、彼女の背中には翼があり、それで飛び上がったのだ。

「天狗……いや違う。貴様！　天使だな」

見た目には、昔から知っていた鞍馬と同じ様相をしているが、中途半端な格好をした、なりきれてない様子だった。

「ありゃ。今まではずっと天狗様って言われてきたんだけどなぁ。なんで分かっちゃうかな」

この天使は、思った以上に間抜けなのかもしれないと須佐男は思った。そして、その顔をよく見ると、

「貴様は、都に大量の水を落とそうとした天使！」

「そう。ガブリエルちゃんだよー。やっと思い出してくれたね。でも最近では、天狗の水《すい》黎《れん》って名乗ってるよ」

「そんなことはどうでもいい。何故ここにいる？」

「どうでもいいって、それはちょっと酷いなぁ。これでも人間には慕われてるんだぞ」

水黎は不満そうにそっぽを向いてしまった。だが、彼女にとっても必要なことがあるのか、自分からその先を話し始めた。

「この神社に祀られているのは、酒呑童子となっているけど、本当はたぶん朱天童子よ」

「たぶんとは？」

水黎の不確定な言い方が気になった須佐男が、何故ハッキリしないのかと言いたそうに説明を求めた。

「この神社は、昔から酒呑童子を祀っているって言い伝えられてるけど、御神体はたぶん朱天童子だと思う。実際に見てもらえば分かると思うんだけど、あんなの、彼でなければあり得ないもの」

そう言って、須佐男を本殿の中に招き入れた。

途中で神主ともすれ違ったが、横に外れ深くお辞儀をしてきた。すれ違い様に水黎は、「中に入らせてもらうね」と軽く挨拶して、手を振って進むのだった。その他にも、巫女や社務所の人からも笑顔ですれ違う様子を見ると、本当に人から愛されているのが分かった。

本殿の中央には、古い酒壺が置かれてそれが御神体のように祀られていた。その側を指差すと、酒呑童子と書かれている剣が立ててあった。だが、よく見ると酒の文字は朱を複雑にしたように見え、呑も同様に天ともとれる。

「酒呑童子を祀っていると言われてるけど、本当は朱天童子と読むのが正しいと思う」

更に水黎は、神殿の裏へ進むと、岩をくり抜いたような通路へと、須佐男を案内して行った。その通路も然程長くもなく、一五メートルといったところで三メートル四方の空間へ出た。

水黎は、神社にあった懐中電灯を足下から徐々に上へと上げた。すると、今まで床から反射していた懐中電灯の光が、突然消えてしまったかのように光を反射しない何かを照らした。

「なんだこれは？」

それは、直径二メートルほどの黒い何かだった。

「不思議よね。反射率０％の完全なる闇よ」

どの方向から見ても同じ形に見えるので、球体なのだと水黎は言ったが、一方からだけ見ている限り、単に黒い円にしか見えない。こちらの光を完全に反射しないので、立体物に見えないのだ。

更に水黎は、

「中に朱天童子がいるのではないかと思い、黒い殻を割ろうとしたのだけれど、撃ち込んだ衝撃はすべて球体をすり抜けて反対側まで抜けてしまうの。あるところから、草薙の剣だというのを持ってきたのだけれど、これでも駄目だった」

「刀身は修復されてるけど、偽物だったのかしら」

須佐男は、持ってきたということに対して、きちんと断ったのか尋ねたが、水黎は飾ってあったのをそのまま持ってきたけど、それがどうかしたかといった感じだった。

「朱天童子を目覚めさせることができるのは、私じゃないのか、若しくは今ではないのか」

そう言うと、須佐男の方を見た。

「彼の角の朱色は、あなたの血で染められた色だと聞いたわ。だからあなたなら、この黒い殻に干渉できるんじゃないの？」

そう言われて、黒い殻に触れてみた。水黎が触れた時は、その黒い空間がないかのように、その裏側に手が突き抜けたが、須佐男の場合は確実に殻に触れたかのようにそこで止まった。

「やっぱりあなたが鍵になるのね」

そして須佐男は拳を握り、殴りつけてみた。だが、ピクリとするどころか、当たった音すらしない。

「むぅ」と、須佐男は少し考えた。そして「天叢雲でもあれば」と言った。

本来ならば、自分の角でできた自らの剣があればよいと思っていたのだが、須佐男はそれが近くにないことを感じ取っていたため、あえてそれを口にはしなかった。

「じゃぁ、天照が祀られてる神社に行ってみる？　たぶん会えないと思うけど」

水黎が天照のいる神社を知っている様子なので、そこへ向かうことにした。

聞けば、天照はガブリエルの落とそうとした大量の水を退けた後、意識を失いその後、世に出ることはなかったらしい。神社では、日の巫女（日巫女《ヒミコ》）が代々天照の世話をしているらしいが、詳細不明とのこと。

「そうだ。天狗といえば、鞍馬はどうした？」

天照の社に向かう途中に、須佐男が切り出した。鞍馬だけではなく、他の鬼神、天使や天狗達はあの後どうなったのだろうか。そもそも、あの戦いの結末はどうなったのだ。

須佐男はその辺りのことを思い出して、少し混乱し始め、水黎にそのこともいろいろと聞き始めた。

「ちょっとそんなにいっぺんに聞かれてもぉ。簡単に説明すると、あなたが体験した複数の結末は、同時に起きて体験した事実よ」

須佐男は、

「同時に複数……よく分からないのだが」

「だから、ライエルが暴走して作り出したブラックホールに呑み込まれたことも、六道門に天使達が送り返されたことも、元々鬼神達がいなかった流れも、すべて起きたのよ。しかも同時に起きてるの。そしてそこにいたすべての鬼神や天使、悪魔や他の次元のモノ達が同時にそれを体験して、今に至るの」

水黎の説明に、

「それでは複数の過去が今の一つに繋がってると言ってるように聞こえるのだが」

水黎は、何度も同じことを言わせないでといった感じで、

「だからそう言ってるじゃない！」

「そうは言われても、にわかに信じがたい」

「でしょうね。でもそれが真実よ」

水黎は得意気そうに言った。


「天照皇大神」

鳥居にはそう書かれていた。何の変哲もない、普通の神社に見えるそこには、何名かの巫女が職務を行っていた。

「須佐男様と水黎様ですね。お待ちしておりました」

鳥居を潜り、最初に出会った巫女にそう言われると、奥に案内された。神殿の正面に一人、他の者とは違って黄色の衣装の巫女が出迎えた。

「私は、天照皇大神からの言葉を皆に伝える役目を負っております、日巫女です。お二方がお見えになるのは、天照皇大神より聞いておりました。皇大神からのお言葉をお伝え致します。『我の復活は、太陽の活動が活発になるまであと三百年を待たねばならぬ。それまでは須佐男よ、おまえに任せる』」

日巫女はそう言い、「以上となります」と下がろうとした。須佐男は、

「任せるとはどういうことだ。天照は何を言いたいのか、それだけでは分からない。天叢雲を貸して欲しいのだ」

そう言ったが、日巫女は、「私は、皇大神の言葉を伝えるだけで、こちらの話を伝えることはできません」と言うと、さっさと奥に下がってしまった。こちらの話を伝えることができないと言われてしまえば、それ以上どうすることもできない。

須佐男は独り言のように小声で漏らしたことを水黎は聞き漏らさなかった。

「あなたの剣なら、上にあるわよ」

そう言って水黎は、上を指差した。上を見上げるにも、何も見えない。

「私の剣の場所を知ってるのか？　それと、上とは？」

須佐男も自分の剣が近くにあるのなら気が付くはずなので、揶揄われているのかとも思いつつも尋ねた。

「上と言っても、そんな近くではないわ。だって、もっともっと高い衛星軌道上だもん。ウン千キロメートルくらいの高さかなぁ」

それを聞いて須佐男は、

「おまえはそれを持ってこれないか？」

「一度はね、なんか変わったものがあるなぁって取りに行ったよ。でも動かないのよ。これが！　あの剣が重すぎてこっちが振り回されるばかりだったの」

千年という時間が経過して、物理や化学が進歩したようだが、須佐男は常にその情報を得ていたわけではないので、意味の分からない言葉は身体の中にいる花恋に聞いていた。

「やはり、私が取りに行かなくては動かせないか」

須佐男はそう言うと共に、何故そのような場所に私の剣が行ってしまったのか、不思議に思っていたが、取りに行くにしても、その手段だ。須佐男は、もちろん飛ぶことはできない。かと言って、科学的な手段を用いるには相応の資金と時間がいる。

「水黎。さっき取りに行ったと言ったな」

水黎も頼られるのは悪い気がしないので、ちょっと嬉しそうに、「あー、やっぱり私の協力が必要なのね」と、ニヤけながら言った。

日の沈んだ空を見上げると、月の出ていない闇夜となっていた。神社の灯籠に火が灯され、お互いの顔は微かに確認できた。

「でも、あんた重そうよねぇ」

水黎の見た目は、華奢な女の子だ。それと比べ、須佐男の身長は二メートルをゆうに越しており、その重量差は五倍ほどと思われた。

水黎は背中の翼を広げ、大きく羽ばたくと一度自分だけで空に舞い上がった。ある程度の高さまで飛び上がると、今度は須佐男を目掛けて滑空してきた。まるで猛禽類が狩をするかのような鋭さで飛んで来たが、捕まえる相手は身長二・五メートルはあろう鬼神だ。

お互いに両手を掴み合い、今度は上空に向かうように舵を切った。水黎は須佐男の腕を掴んだ瞬間に、速度の低下と、腕が抜けるのではないかという衝撃を受けたが、なんとか須佐男を浮かせて空に舞い上がった。

「いつもみたいに上手く飛べないんだけどぉ」

水黎の声は本当につらそうだ。

「そんな調子で、衛星軌道まで飛べるのか？」

「もちろん、飛べるわけないじゃない」

相変わらず苦しそうにして羽ばたきながら水黎が答える。それでも人が小さくなって、それと判断できなくなる高さまでは飛んで来た。

衛星軌道まで飛んでは行けないのに、「どうしたいのだ?」と須佐男は聞いたが、「もうちょっとだから黙ってて」と、水黎が空中で何かに足を掛けた。須佐男には何もないように思えるが、水黎は「ここって何の場所だったか、覚えてない?」と聞いてきた。

そう、真下は大江山だ。ではここは、

「銀鷲門のあった場所」

「正解!」

須佐男も水黎の立っている場所に足を掛けようとしたが、見た目どおりに足を乗せる場所はなく、相変わらず水黎の両腕にぶら下がっているだけだ。

「気を付けてね。私の手を離すと落ちちゃうから」

「おまえは何故、そこに立つことができるのだ?」

須佐男が疑問を口にすると、

「この宇宙って、5%しか説明のつく物質やエネルギーが認識できないって知ってる?」

水黎は、更に質問を重ねてきた。須佐男は、初めにこちらが質問したことに答えるよう

に言おうとしたが、花恋の記憶から、

「この世界の物質の他に、ないと説明の付かない、ダークマターとダークエネルギーのことか？」

そう言うと、「正解。千年寝てたのに、よく知ってるね」と、水黎は少し感動した様子を見せていた。

「この世界、つまり地上界とも言えるここでは認識できる物質やエネルギーはこの宇宙の5％だけで、残りはどこにあると思う？」

地上界という言葉が出て、須佐男も何かに気づいた。

「地上界以外の、天界や魔界、霊界などといったところか」

「流石に話が早いわぁ」

「それで、私の触れることのできない銀鷲門は、今は他の世界にあるとでも？」

「正解。凄く理解が早くて助かるわ」

須佐男も、六道門の門扉の向こう側のことを知っていたので、それは理解することができた。しかし、「今は別の世界にあるという銀鷲門に立っている説明にはならない」と須佐男が言うと、

「私、次元の壁を超えられるの。私にとっての宇宙は、99％認識可能で、どの次元《レイヤー》にでも

アクセスできるの」

水黎の言うには、朱天童子と共に宇宙を外側から見たことで、六道門を潜らずともそれぞれの世界に行き来できるようになっていたのだと。

「だから、今は天界にある銀鷲門にも触れることができるの。あっ、因みに天界と魔界は元は別々の世界だったけど、今は同じ一つの世界に混ざりあってしまったの。それ以来、ミカエルと雷凰は千年もの間、ずっとケンカしているわ。いい加減やめればいいのに」

と少し笑いながら言った。須佐男は、

「そうか、雷凰は天界にいるのか」

他の鬼神や天狗達のことも知っているのかと、水黎に聞いたが、「それは後々話すよ。とりあえず進もう」と須佐男には見えない階段を登り始めた。「後は、このまま階段があるけど、あなたホント重いよ。腕がもう引きちぎれそう」と泣きが入る。

須佐男と水黎はお互いの腕を掴んで、須佐男が宙吊りの状態でいるが、腕が疲れたと離してしまえば、須佐男だけが地上に落下してしまう。この高さからだと、大気圏突入の摩擦で燃えるか、それに耐えたとしても、地上への激突の衝撃で生きていられるか。どちらにしても想像したくはないので、降りるための対策は考えておかなくてはならない。

途中、腕が疲れたと言われ背中におぶさることになったが、須佐男の巨体におぶっている水黎の身体が見えなくなるのは、滑稽でしかなかった。「すまない」と須佐男が気を遣って言うが、水黎は、「気にしないで。若い奴にそんな気遣いは無用よ」と言われ、須佐男は「俺は記憶のある時から考えても、数千年は生きてるのだが」と返すと、

「めっちゃ若いじゃん。私は、この宇宙の年齢を超えちゃってるからね」

水黎の言葉を聞いて、須佐男はそれを冗談としか捉えられなかった。

水黎は立ち止まり、何かを待っているかのように再び歩き始めると、今まで止まって見えていた地上が動き始めた。

どれくらい登ってきただろう。地上はとっくに小さくなってしまい、地球の表面が弧を描いて、半分は闇に落ちていた。

「この高さね。途中から地球の自転から外れだけど、ここで待っていれば、向こうの方から飛んでくるわ。あと、数分だと思うけど、ちゃんと受け止めてね」

須佐男は、何を言っているのかと、分からなかったが、質問しようとするより先に、その意味を理解しなくてはならなかった。

確かに自分の剣がある。しかもとんでもなく速い速度で近づいてくるのを感じ取っていた。手を伸ばすと、直ぐに握った手と反対に、背負っている水黎に体が当たらないように捻って離脱した。ただ、剣の飛んで来た速度もかなり速かったので、離脱時の衝撃で、水

黎も今いる足場から離れて行ってしまった。

「あ～あ、このままだと、また宇宙を放浪することになりそうね。まいったわ」

少し呑気なことを言ってみたが、内心は少し不安が過っていた。

静止衛星軌道上にあった剣に、須佐男の体重が加わり、地上へ落下するコースに軌道が変わり、少しずつだが地上が近づくのを感じ取っていた。

しばらくして、急激に加速するのに気づくと、須佐男の衣装に火がつき始めた。須佐男はすかさず、雲と海の水分を自分のもとへと手繰り寄せた。それによって、空気との摩擦熱を冷やし、海からの水柱を辿って、地球に戻った。

海から須佐男を迎えに行った水柱は、人間達も何人かが目撃して、まるで龍が立ち昇っていったようだったと話題になっていた。

水黎のことも気にはなっていたが、元々は水の天使であったし、別次元にアクセスできる能力もあるので、問題なく降りてくるだろうと思った。たとえ心配してもどうすることもできないしな、と。

ライエル

銀鷲門に強制的に引き寄せられたのが最後か、自らのブラックホールに押し潰されたのが最後か、いや、そもそもそんなことは何もなく、人間として一生を終わらせた後に、こうなった気もする。

私は一体何者なのだ？

十字架に張り付けられた私がいるのが、現状で唯一理解できる状況だ。

周りを見渡すが、見たことのない世界にいるようだ。地上界とも天界とも違う。世界自体がこう、何か無機質さを感じる。そして、何より重力を感じない。宇宙空間のようにも思える感じが、とても気持ちが悪い。

しばらくすると、何かの気配を感じると共に、何者かの声が聞こえてきた。いや、おそらく今までも聞こえていたかと思う。ただ、その声と波長が合っていなかったのだと、気づかされたのはその言葉を理解したからだった。

「我々の声が聞こえるか？　質問に答えよ。貴様は何者だ？　貴様を捕まえたあの空間は、我々の世界とは違う。一方向に体が引っ張られるのは何故か？」

ずっと、こちらの疑問に答えよと、次から次へと質問攻めにあっている。

初めは耳障りだった音が、次第に言葉に聞こえ始め、普通に会話することのできるレベルまで到達したようだと、ライエルもやっと口を開き始めた。

「ここはどこなのだ。何故、私は縛り付けられているのだ！」

ライエルが問うと、

「ここは我々の宇宙。貴様のいた世界とは違う摂理の空間だ。それに縛り付けなどしてはいない。あなたがそう思っているからで、我々は何もしていない。貴様が、我々に対して何かしようとしているが、それが自らを縛り付けているのだ」

そう言われ、重力を操りこの状況を何とかしようとしていたライエルは、半信半疑のまま重力を操ることをやめてみた。すると、不思議なことに両腕は自由に動かすことができた。更に不思議なことに、自分の周り三六〇度すべての方向へ好きなように進むことができた。

「この場所には重力がない」

そう気づいた時、今まで見えなかった世界が目の前に広がり、この世界の住人が自分のすぐ側にいたことが分かった。

「あなたがいた世界とは、物理法則の違いが大きすぎて、慣れるまで時間がかかったようですね」

そう話しかけてきたのは、どう見ても白い靄でしかない。声が聞けるまでには、慣れたのかもしれないが、それではまだ不十分なのだろう。それでもその、白い靄はコミニュケーションが取れると知ったからか、質問をしてきた。

「おまえを連れてきた時、あの空間にあった、身体を引き寄せる力は何なのだ？　先ほど、おまえが使おうとしていた力と同じもののようだったが」

「貴様は何故、背中に羽があるのだ」

「あなたがいた世界には、人間だけでない何かがいたが、何なのだ。あなたは人間ではないのか？」

問い掛けの違いで、三人がいるのは分かったが、こちらから見れば、どれも同じ靄にしか見えないし、個々の区別はつけられなかった。

ライエルは、ここが自分のいた世界とは違う、異世界であるということは理解できたが、どうもその実感がない。ただ、ここには重力がないことと、靄のような人と思える存在を見て、そうと思うしかなかったのだ。

「どうした、何故何も答えぬ？」

「我々の言葉が分からぬのか？」

そう急かされて、やっとライエルは口を開いて、

「この世界が、我々の世界とあまりにも違い過ぎて、頭が混乱してしまった」

そう話すと、白い靄がもっとはっきり輪郭を成して、人の形になった。

「ここでは、それが正しいと認識しないと、その存在確率が下がってしまう」

「よく意識を集中していないと、自分の存在もなくなってしまいますよ」

そう聞かされ、ライエルは自己の存在を強く認識させるために、

「私の名は、ライエル。天使の王であり、天界の唯一神だ」

そう名乗りを上げると、今まであやふやだった目の前の景色が、一瞬ではっきりとした鮮やかな世界に変わった。どうやらこの世界に、自分の存在が認められたのだと思えた。

ここは重力がない。更に不思議なことに慣性もないのだ。上下左右どちらを向いても自分にとっての上である。他の人間とすれ違っても、向こうは逆さまだったり、横向きに立っている人とのすれ違いなどはごく普通のことのようだ。

街の中を進めば建物もあらゆる向きを向いている。その建物に入るにも、別に身体の角度を合わせなくてはならないわけではないが、ドアに対して逆さまに入ろうとすると、「な

んて常識のない！」と怒られた。

このような世界なため、羽を持っていて空を飛ぶことのできる天使には何のメリットにもならないし、ライエルの重力を操る能力も意味をなさなかった。

この世界はいったい何なのかを問うも、人々は皆、真の世界とか、人々の住む場所という答えしか返ってこなかった。

しばらく探索していると、明らかにこの世界のものではない、見覚えのあるものを見つけ近づいた。それは紛れもなく六道門の一つ、東の青龍門であった。そしてその裏に回ると、鬼神である持国天が立っていた。

「貴様、門番の鬼神！　何故ここにいる」

持国天もこの世界に慣れていないためか、汗をかき視点もどこを見ているのか分からない表情をしている。

ライエルがその頬に張り手を喰らわすと、今まで呼吸をすることを忘れていたかのように、急に荒々しく空気を肺に出し入れすると、正気を取り戻したのが分かった。

「貴様、確か」

ライエルは言いかけたが、鬼神の方から、

「俺は持国天。六道門が一つ青龍門の門番だ。この世界に来て数百年にも思える間、ずっと水中で息もできずもがいているような状態が続いていた。何なのだここは、我々のいた世界とは違いすぎる。直ぐにでも元の場所に戻りたいところだが、そんな簡単ではないようだな」

持国天が吐き出した言葉は、ライエルにも共感ができるものだった。

自分を強く意識しなくては存在が消えてしまいそうな世界。また、それに打ち勝ったとしても、重力の概念がないこの世界では、自分の無意味さが際立って、本当に死んでしまいたいとさえ思える世界に来てしまったという絶望感が襲ってくる。

周囲を見回した時、ふと疑問に思ったことがあった。

この世界、光がない。というのも、人や街の様子は見えているのだが、影がないのだ。

重力がないのは、様子を見てすぐに分かるのだが、見えているのに光がないとはなかなか気が付かない。見えているものは、無意識に〝見ていた〟のだ。

元の宇宙にいた者にとっては常識が違いすぎて、気分が悪くなって憂鬱になってしまうのも仕方のないことか、とライエルは思っていた。

「元の世界に戻る方法はないものか？」

持国天に問いかけた。こんな世界に来なければ会話をすることもなかった相手なのだが、今は敵も味方も関係なく互いが思っていることは共通のことだ。何か知っていれば、わずかなことも共有したいと互いが思っていた。

「本来ならばこの門の向こう側、裏側がこの世界だったのだ。ならば、門を開ければ元いた世界とも考えるが、そもそも門の表側に私はいる。扉を開く権限はないが、開けたところで元の世界でないだろう」

持国天の表情は、険しく、いかにも鬼神だが、気弱な言葉しか出てこない。

ライエルは、門扉に掛かった閂を外し扉を押し開いた。

多少なりとも期待する気持ちがあったが、それは無惨にも掻き消された。そこに見える景色は、単に門の裏側に回り込んだ景色と何ら変わらなかった。

「どういうことか？　この門は、地上界とこの世界を繋いでいたのではないのか？」

持国天は、

「今いるこの世界と繋がっていたのは確かだ。ただし、この青龍門が地上界にあった時の話だがな」

ライエルは持国天の言葉を素直に理解し、笑い出した。

「そうか、行き先指定の門が、その行き先に置かれてしまったというわけか」

ガツンと門柱を拳で叩いたが、何か起きることを期待してのことではないのは、その表情からも分かった。

「おや、お二方どうかされましたか？」

そう言って近づいてきたのは、この世界の人間で、「あぁ、えっとぉ」ライエルが何と呼んでいいのか分からずにいると、「22,465,356,232です」と言ってきた。

ライエルが理解できないでいる様子を見て、

「名前ですよ、な・ま・え。近くに他の人がいないようなので、今は232でも構いませんがね」

「まだよく理解できていないのだが、おまえ達はすべて固有の名前というか、番号で呼び合っているのか？」

「そうですが、何か問題でも？　私などはまだ桁が少ない方で、最近産まれた子は四十八桁と聞いています」

ライエルは眉間に手を当てて、「分かった。そこには触れないようにしよう」と、232の言葉を遮るように手を伸ばした。

「我々は、元々いた場所から何故かこの世界、いや、この宇宙に来てしまった。どうにかして元いた宇宙に帰りたいのだが、何か手立てを知らないか？」

その質問に、232は少し考え込んだ後に、

「私は宇宙物理学を研究しているのですが、知っていますか？　この宇宙には、私達の観

測することのできない世界が互いに、それも複数重なり合っていることを。つまり、あなた方が元いた世界というのはここにあって、触れることも感じることもできない状態だということです。今いるここが、地球という星なのです」

そして次のようにも説明をし出した。

ここに集まっている人間や建物の集団を抜けると、何もない空間があること。そこから先を、宇宙と呼んでいること。時々、その果てしない先にも人間がいる星を目指して旅立つ者もいたりするが、余りの遠さに意味を見失ない、消滅する者もいるだろう、と。

「私達は、肉体を持たない不死の存在です」

そこまで語ると、小声で「行き来できるとすれば霊子体への分離か」と言葉を漏らした。

「いや、だがな」と、その答えを出すのをやめてしまったようなので、「霊子体がどうかしたか？」とライエルは聞き返した。

「いや、ごく稀に霊体という存在が、この世界に迷い込むことがあるのだが、霊子体という状態でならば世界の壁を乗り越えることができるのかと思ったのだ」

「おまえ達が肉体を持たない不死の存在ならば、何故霊体がいる？　霊体とは死んだ者ではないのか？」

「いや、だからこそ今気が付いたのです。存在することを諦め、消滅することによって、魂と霊子体の分離が起こり、霊子体のみが霊界へと行けるのではないか、と」

「霊子体ならば可能性があるということか」

「いや、簡単に結論付けするのは早いです。この世界に霊体という存在ははっきりと確認されてないのですから。だが、地上界、天界とこの真界が存在しているとなると、霊界がありという霊子体でできた存在がいることにおかしなことなどないと思われます」

つまりは、それぞれの世界を行き交うには六道門を潜る必要があるが、例外として霊体は何らかの方法、おそらくはその希薄過ぎる存在であるがゆえ、世界の壁を越えることができるということだろう。そう決めつけてしまいたいところだが、

「この肉体を失えば、霊子体が残るのかは、ある意味賭けとしか言いようがないな」

迷いと試してみたい好奇心が入り混じる中、切り出したのは、持国天だった。

「私のいた世界では、死ねば霊体となり、そして魂と共に輪廻転生し、再び蘇るという言い伝えは、当たり前のように語り継がれてきた。それに時折、未練があるものは幽霊として化けて出るとか。おそらく、霊体はその存在が希薄であるがゆえ、次元の壁を越えやすいのではないのか？」

と持国天が言った。

だが、それらの仮説が正しいとしても問題は、どうやって霊子体になるかだ。今の肉体

を失う。すなわち少なからず死を迎えなくてはならないということだ。それを実行することは、肉体が拒否するだろうが、本当に霊子体になることができて、隣り合わせの観測不能の宇宙に移動できるか、未知なことである。

ライエルは天使になる前は、天界のアークマスター、つまりは唯一神であった。更にその前は、自らは既に忘れてしまっているが、ただの人間だった。ふと、その時のことを思い出したのか、

「私は人でありながら天界へと移動したことがあったはずだ」

その言葉を発した次の瞬間、ライエルは気を失ったかのように見えた。肉体的には生きているが、意識だけこの世界から弾き出されたのだ。

それは、この世界でライエルという個であることが揺らいでしまったため、その意識、つまり霊体のみが真界に拒絶されたのだろう。

急に周りの世界が見えなくなり、ザラっとした不快な感覚に襲われた。僅かだが、肉体から感じる感覚。だがそれももう消えていってしまったようだ。

私は何者か——。

「肉体を持った我々には、この世界に対する認識力によっては、簡単なことだったのかもしれぬ」

持国天は、ここにあるライエルの肉体を見ながら、そう呟いた。

「あなたはどうなさるのです？」

２３２が持国天に聞いてみたが、

「私の存在意義は、発生した時からこの青龍門の守護。それは今も変わらない」

「そうですか、それは残念です。まぁ、肉体が一つ手に入ったので、今回はヨシとしましょう」

それは、持国天には聞こえぬようにつぶやいた。

その先

真界であった出来事が、本当だったのか。いや、あの世界で持国天と２３２と話したことは、実際にあったことだと今も確信している。

今、私がいるのは、霊界だろうか？

すべての世界、すべての宇宙の思念が私の周囲にはいる。

霊界では、霊体となった者以外にも、他の次元にいる霊体も見えるが、それぞれが干渉することはない。時折、肉体を持った霊体と接触をするが、それ以外の霊体達は他の者を見えないのか、気にする様子がない。

私は、重なった違う次元からこの次元へと移動してきたのだ。

そう、私は天使の王ライエル。

その思考を持ちながら、真界といわれた別次元からの脱出に成功したのだ。

霊体は、希薄な存在ゆえに世界次元を飛び越えることができるという仮説の基に、ある意味〝自殺〟したのだ。

「私は、地上界に生まれ変わりたい。何故かは、もう忘れてしまったが、人間として何かをしなくてはならない気がする」

天使の身体と魂を手に入れた232だが、どうしても肉体と結びついた魂が邪魔で、天使ライエルの肉体を奪い取ることができなくてイラついていた。

だが、ライエルの肉体から魂が抜け出して、どこかへ行くのが分かった。それは、ライエルの霊体（思念）が転生するための肉体を得たため、魂が必要となり呼び出されたのだった。

「遂に、器だけの肉体を手に入れた」

そう、232は元々幽体と魂だけの存在であった。肉体を欲し、ライエルをこの宇宙に連れてきて、巧みに肉体だけを置いて行くように誘導したのだ。

転生という形で真界から霊界を経て、地上界に戻ってきた元天使の王であったライエルは、人間の赤子としてそれを叶えた。

普通の家庭に産まれ、名前を紫苑《シオン》と名付けられた。

産まれた瞬間は、天使の頃の記憶があったが、それも数分のうちだけで、直ぐに普通の赤子と同じ、何も知らず、何もできない只の人間となった。

何年かして物心が付くと、隣の家には同じ年の女の子がいて、幼馴染みとして育った。女の子の名前は、品田花恋。祖父は、品田グループの会社の社長だと言っていたが、彼女の家はごく普通のサラリーマンといった、特別変わっているところもなかった。

紫苑は、花恋に惹かれてはいたが、幼馴染の域を出ずに、高校まで同じ学校へ通っていた。

ある夜、隣の花恋の家から不思議な違和感を感じた。確かめようと、カーテンに手を掛けた紫苑だったが、急に頭痛が襲いかかった。

「おまえは誰だ?」

頭の中に直接語りかけられる。

「俺は、俺は、天使……いや、それは昔のこと……。もっと、その前……人間をすべて消すために……そうだ、俺は死怨《シオン》。あの時、地上界を、人間をすべて壊そうと誓ったのだ」

その前に、花恋だけは自分の側に置きたいと思って、カーテンを開き、声を出そうとしたその時、花恋の部屋の窓から飛び出したのは、須佐男だった。

「待て!」

そう言って、手を伸ばしたが、須佐男はどこかへと消えて行ってしまった。

「あれは、千年前にいた鬼神か……何故花恋を連れて行く！」

紫苑は叫んだが、それで冷静さを取り戻した。

「アカシックレコードを使えばいいだけじゃないか。そうだ、それにこの世なんて、すべて消し去ろう」

椅子に座り、あの時のイメージ。アカシックレコードにアクセスする感覚を引き寄せた。

初めは、アカシックレコードに辿り着けなかったが、次第に〝見る〟ことができるようになってきた。

表紙に触れることができるまでになるまで、数週間も掛かったが、紫苑の集中力は途切れることはなかった。

もうすぐだ。もうすぐ手が届く。

触れた。

記憶にはないが、確かにアカシックレコードだ。

表紙が堅く、開けない。

慣れが必要そうだ。少なくとも、触れることができるところまでは戻ってきたのだ。焦ることはない。

紫苑は、おおよそ二か月もの間、アカシックレコードを手中に収めるために何度もそれに手を伸ばし続けてきた。

転生したこと、更には昔のこと過ぎて、本当に自分の能力だったのか、確信はなかったが、自分の中の死怨がそうさせていた。

やがて、三か月が過ぎようとした時、アカシックレコードの表紙は意外なほど簡単に開かれた。

だが、そこには何も書かれていない白紙だった。

「何だ、これは……」

確定していない未来については、書かれていないのは分かっていたが、過去についての記載もなく、何ページも捲り続けた。

千年――それぐらい前まで遡ると、須佐男が八岐大蛇を退治したことが書かれていた。

そこから数年前を見ると、「神は死に、ノストラが新たな神となる」との記載があった。

それは今まで書かれていた筆跡とは明らかに違う。

「これは、私が書いたものだ」

死怨が言う。

「ノストラとはおまえなのか」

この場では、紫苑と死怨がまるで別々に存在するかのように、会話していた。

「そんなことは忘れたが、そうだったのだろう。天界の唯一神アークマスターだったことは思い出した。その後のことは、うまく思い出せない」

天使の王ライエルだった頃の記憶は、物理的にライエルの肉体に置いてきてしまったため、死怨は思い出せないでいた。

「これを俺が書いたなら、それが事実として起こり得るということなのか」

紫苑は、数ページめくり返してみた。それ以前のことに関しては、事細かに書かれていた。

「何故、八岐大蛇のこと以降の記載がないのだろう」

「そんなことはどうでもいい。この世界を壊して終わらせる」

アカシックレコードの隣に目を向けると、そこにインク壺と羽根ペンが置いてある。

「さぁ、それを取って、破滅の唄を書き綴ろうではないか！」

〝人間をすべて皆殺しにする〟

〝世界を崩壊させる〟

〝世界を潰す！　潰す！〟

それらのことを書いてみたが、世の中は何も起こらなかった。

「もっと具体的に。呪いを込めて書くんだ！」

死怨が言うが、紫苑には具体的なイメージが湧かなかった。そして、

〝空から、世界を超越した恐怖の大王が降りてくる〟

そう書いた時、「そこに何を書いても無意味ですよ。それは宇宙の記憶。ただの神の日記のようなもの」と声が聞こえた。

周りは暗く、様子は分からなかったが、羽根ペンを取り上げられ、その手はアカシックレコードを閉じてきた。

その手の主を見上げると、そこには銀色の長い髪、銀色の瞳をした者が立っていた。

紫苑はその異様さから、「神」と言葉を漏らした。

「私は月読。確かに神と呼ばれる存在ではあるが、この〝アカシアの書〟を読めること以外、人とはそう違わぬよ。しかし、これに書き込むのは好ましくないな。人間よ、この場から去るがいい！」

月読が紫苑に、手で払うように仰ぐと、高いところから落ちて行く感覚を覚えた。

しばらくして気がつくと、そこは病院のベッドの上だった。

アカシックレコードに触れていた数か月は、地上界の時間では一日程度だったが、紫苑の身体にはその数か月分の負担がかかっていたようだ。

その間、意識がなく昏睡状態だったため、病院に運ばれて、点滴を受けていた。

「くそ！」

点滴を引き抜き、

「何だったんだ！　あの月読とか言うやつのせいで、アカシックレコードを」

そこへ、看護師がやって来て、意識が戻ったことを医師に伝えに行った。

真ライエル

水黎は月に座り込み、暇を持て余し天界の様子を窺っていた。

須佐男が自らの剣を手にした際に弾かれ、その反動で、地球から遠ざかってしまったが、運よく月の重力に捕まって、広大な宇宙を彷徨うことにはならなかったのだ。


相変わらず、ミカエルと雷凰が戦っている。

それは巨大な、炎の大鷲と、雷の龍との戦いに見える。

あまりの巨大な力がぶつかり合っているためか、一瞬空間が歪んだように見えた。

次に両者がぶつかった時、歪んだ空間に亀裂が走った。

するとその亀裂の向こう側から、指を捩じ込んで引き裂くように亀裂を拡げようとしてきたモノがいた。

「何あれ？」

　水黎が驚いたのは、空間の向こう側からこちらへ来ようとしている存在に驚いたのもあったが、もう一つは、その大きさだった。空間の亀裂は、ミカエルと雷凰の戦いの向こう側のはずだが、亀裂を拡げようとしている手の方が明らかに大きい。遠近感が狂ってしまう。

　そして遂に空間の裂け目から、その手の主が姿を現した。それを見た、ミカエル、雷凰、水黎は声を揃えて言った。

「ライエル！」

「そうだ。私は天使の王ライエル。とうとう、世界次元の壁を超えて別次元へと来たぞ」

　それは奇しくも、紫苑がアカシックレコードに、

〝空から、世界を超越した恐怖の大王が降りてくる〟

と書き込んだ瞬間と時を同じくした。それは本当に偶然のことか、またはその怨みの念が届いたのか。

　ライエルは、右手でミカエルを、左手で雷凰を捕まえた。両者共二メートルほどの身長があったが、その身体は、ライエルの手中に収まってしまった。

「おまえ達が、ルシファーとミカエルか？」

　そうライエルが聞くと、雷凰が、

「違う！　俺は雷神の雷凰だ！」

そう叫び、ライエルの頭上に、雷を落とした。だが、ライエルの目の前に、突然黒い球体が現れ、雷はそれに吸い込まれてしまい、その球体も直ぐに消えてしまった。

「これが重力の力か。我々の世界にはなかった理《ことわり》なので初めて使ったが、なかなか面白い力だ」

次に口を開いたのはミカエルだった。

「ライエル様、何故私まで拘束するのですか？　お放し願います」

「このライエルの記憶によれば、最強になったはずの自分を上回る才能をおまえが開花させたため、嫉妬したようだな。まぁ、理解しがたいのは分かる。私は外観こそライエルだが、中身は真界の人間だ。というわけで、この面白い身体を使って、この世界を壊してみようと考えたわけだ。向こうの世界をあらかた呑み込んだおかげで、重なり合った隣の世界へ来る力を得られた。そこで、天使の力がどの程度か見せてもらおうかと思ったが、大したことないようだな。そもそも、元の持ち主はこの身体のスペックを使いきれてなかったようだ」

ライエルは飽きてしまったおもちゃのように、雷凰とミカエルを放り投げた。そして、先ほど出したように黒い球体を作り出した。

「記憶によると、このブラックホールは、すべてのものを分け隔てなく呑み込んでしまったようだが、そんなこともコントロールできなかったのか」

そう言いながら、雷凰の雷の攻撃と、ミカエルの炎だけを吸収した。

「そんな芸当しかできないのなら、貴様ら天使もこの私の相手にならんな。つまらん」

そう言って、ミカエルを指差すと、ブラックホールはミカエルを引き込み出した。

それを引き止めるために、雷凰はミカエルの腕を掴んで、重力に逆らったが止められるはずもなく、ミカエルの足先と翼が事象の地平線を超えてしまった。

「全く、余計な真似を」

ミカエルはそう言うと、雷凰が握っていた自らの腕を自らの炎で焼き切った。

ミカエルは、事象の地平線の向こうへ行ってしまった。向こう側がどうなっているのかは分からないが、すべてを潰してしまう重力下では天使と言えど、おそらくは死を迎えたことと思える。

「どうした？　戦っていた相手がいなくなったおかげで、おまえが勝者になったのだ。嬉しいだろう」

「なにを！」

ライエルの言葉に、雷凰は震えていた。それは、恐怖の震えではなく、怒りのためだったが、反撃を試みても勝てないことは分かる。

だが、どうする？　今は、ライエルの腕の間合いからは離れている。雷に乗れば、ライエルの身体が巨大とはいえ、簡単には攻撃を受けないだろうが、対応策が思いつかない。

すると、足元の方から声が聞こえてきた。

「ルシファー様！」

今は、天界と魔界が融合しているため、ミカエルとの戦いが終わったのを見て、魔界の悪魔達が駆け上がってきたのだ。

それを見て、雷凰が、私はルシファーではないと言いたいところだったが、「来るな！下がれ！」とだけ言った。

それを見たライエルは、ニヤリと笑い、ブラックホールを作り出すと、悪魔達に向かい投げつけた。

「そう言えば、先ほどミカエルを私のブラックホールに吸い込んで気がついたのだが、吸い込んだものは私の養分となるようだ」

雷凰は、無意識に少しずつ後退りして離れていたが、ライエルがひと回り巨大化していたため、そのことに気が付いていなかった。

数千もの悪魔が天界へと駆け上がってきたが、既に半分近くの者達がブラックホールに呑み込まれている。

雷凰は、自分の発揮できる能力の限界まで雷を発生させて、ライエルへ撃ち込んだが、どの方向からの雷撃も、ライエルの周囲に作られたほんの小さな黒い球体に呑み込まれるだけだった。

思わず言葉を発したのは、地上界の月から天界の様子を見ていた、水黎だった。

「雷凰！　こっち」

雷凰が気づき振り向いた瞬間、水黎はハッとした。ライエルが、水黎の存在に先に気付き、こちらへと向かってきていた。

その手がこちらに届こうとした時、水黎は目を閉じ、世界の繋がりを切った。

次に目を開いた時に見えたのは、下半身を失った雷凰と、五分の一ほど削り取られた月だった。

少し前、須佐男は大陸から海を渡り、酒呑童子を祀る神社に戻ってきていた。

そして、例の漆黒の球体のある部屋に入り、自らの角でできた、剣先を球体へと突き刺すように踏み込んだ。すると黒い球体の闇は、とてもとてもゆっくりと、ジャポン玉が割れるように剣が刺さった場所から開いていった。

そして、三十分、いや一時間が経とうとした頃、項垂れるように下を向き、座っている鬼神の姿が見えてきた。

「朱天童子なのか?」

須佐男が問いかけるように聞いたが、そこにいた鬼神は、顔を上げる前に目の前に供えてあった御神酒が入った徳利に手を伸ばした。そして顔を上げるなり、徳利を傾け一気に飲み干した。

「あっ!」

須佐男は思わず驚きの声を上げた。

「おまえは酒呑童子!?」

その言葉に答えるより先に、その鬼神が発した言葉は、

「なんだ、いつも呑んでた酒とは違うが、美味い。もう一本欲しいな」

そして目の前に立っていた須佐男を見上げると、「久しいな」とだけ言うと、「もっと酒が欲しいのだが」と惚けた口調で須佐男に真面目な顔で言ってきた。

とりあえず須佐男は、神社の巫女に酒を頼み持ってきてもらった。巫女が一礼をしていなくなると、早速須佐男が、

「何故、ここにいるのだ? おまえはあの時死んだのではなかったのか? それに、ここにいるのは朱天童子、いや、朱角と言った方が分かりやすいか。そう思っていたのだが」

するとそこに、銀色の長い髪をした神が入ってきた。

「そのことですが、私も知りたい」

「あなたは月読……」

もちろん、驚いたのは須佐男だ。

「私に何故、男神に戻っているのかと聞いても無駄だ。私も理由が分からない。はて、私は今、〝戻った〟と言ったか？　だが確かにこの方が本来の姿のような気がする」

と言って、須佐男が言いたげなことを遮った。

「それよりも、朱天童子は？　何故酒呑童子がここにいるのです？」

相変わらず、酒に手を掛けている酒呑童子だったが、頭を掻くと、

「確かに、俺はあの時死んだよな。何故この場に黄泉がえったのか俺にもさっぱり分からん。もしかしたら、酒を呑むためなのかもしれん」

と笑いながら話したが、当の自身にもさっぱりといった感じだった。

「見掛けは俺だが、中身は朱角なのか？　不思議な感覚だ」

と、また酒を呑んだ。そうして、「ん、恐怖の大王ライエルが来るか」と何気にこぼした言葉に反応したのは、月読だ。

「先ほど、アカシアの書にそのことを書き込んだ人間がいた。名前は確か、紫苑という者

だ」

「紫苑⁉」

口に出したのは、須佐男だが、それは中にいる花恋が反応的に発した言葉だった。それはあまりにも幼い頃から聞き慣れた名前だが、自分の知っている彼なのかは分からなかったが、それはおそらく隣に住んでいた紫苑に違いないと、確信してしまった。

「何故、紫苑が、そんなことを？　アカシアの書に書き込んだだと？」

須佐男の質問に、月読が答える。

「彼、紫苑はおそらく転生者だと思う。昔に人間を呪っていた死怨という人格が覚醒したのだろう。アカシアの書に誰かが触れたのを分かって、確認したら、まさか書き込む能力があったとは思わなかった。だが、書き込めたからといっても、それが現実にはなるはずはない」

紫苑、いや死怨の念が、恐怖の大王を呼び出したのか？

「世界を滅ぼす、ただ一人の人間か」

須佐男は、千年前に水黎がまだ天使ガブリエルだった頃に言っていたことを思い出した。

「残念だけど、その紫苑とかいう人間が、朱天童子の言っていた、世界を滅ぼす人間とは違うと思うわ」

そう声を掛けてきたのは、水黎だった。

「なかなか来ないと思っていたが、どこに行っていた？」

須佐男が聞くと、「月ですよ」と月読が答えた。

「でも、どうやってこちらに戻ることができたのですか？」


ライエルの攻撃を逃れた水黎と雷凰だったが、雷凰は下半身を失ってしまった。

「俺が地球まで、稲妻のレールを敷く。君にはレールに反発するように帯電させるので、その間にいればいい」

そう言うと、水黎の手を取り「これでいい」と言うと、水黎を挟むように両腕から、雷を地球に向けて放った。

「さらばだ」

そう言って、両腕から放たれた雷の間隔を狭め、水黎に近づけると、磁石が反発するように、雷凰から離れ始めた。それから五分もしない内に、地球へと落ちてきたのだ。

「もう！　須佐男に月に弾き飛ばされるし、ライエルには襲われそうになるし、大気圏突入は熱かったし、散々よ！」

ここで月読が慰めに入らなかったら、一生文句を言い続けるのではないかという言葉の嵐のように水黎の勢いは凄かった。

水黎は、まだ不満そうだったが、月読とは会話をしたこともあり、落ち着くこともできたようだ。そして、ライエルとミカエル、雷凰の話をし終えると、「なんだか、こっちの世界に乗り込んで来そうな気がするよのねぇ」と少し不安なことを言った。

「たぶんだが、そのライエルと渡り合えるのは、須佐男しかいない気がする」

月読が言うと、水黎もそれに同意した。

酒呑童子は相変わらず、酒を呑むばかりだったが、須佐男を呼んで鬼の剣を貸せと言ってきた。須佐男の剣は、重過ぎるというか、本人以外には一切動かせない。須佐男が触れていない時は、空間に固定されてしまうと言った方が正しいと言えるものだ。それを伝えた上で、酒呑童子に手渡した。

酒呑童子は鬼神の剣を受け取ると、当たり前のように持ち上げて須佐男に言った。

「これはおまえの力を制御するために外したもの。その力を取り戻し、ライエルを倒してこい」

そう言うと、須佐男の額に鬼神の剣を突き立て、押し込んだ。

剣は、須佐男の身長とほぼ同じ長さがあったが、刃を最後まで押し込んでも須佐男の頭を貫通する気配はなかった。柄が額に当たると、光と闇とが入り混じり、一瞬何も見えなくなったが、須佐男の剣は消え去り、代わりに須佐男の後頭部には二〇センチほどの角が現れ、額の中央にも短めの角ができていた。

「元に戻った」

須佐男が不思議そうに言ったが、いつから自らの角を剣として持っていたのかは、憶えていなかった。

「あと、天照のところへ行って、天叢雲を貰ってくるんだな」

酒呑童子が言うと、「おまえも一緒に来ないのか?」と須佐男。

「わしは、この神社に祀られているからな。ここからどこへも行くことはできない。それに、もう一飲みするのでな」

そう言うと、もう用はないといった感じで、手で行けと振っていた。「あぁ、そうだ水黎よ」と酒呑童子は水黎を呼び止めると、草薙の太刀を置いて行くように言った。

「これの作りは元からのもので、本物のようだけど、刀身は誰かが作り直した飾りみたいなものよ」

と、なんでこんな物欲しがるのかしらと不思議ではあったが、酒呑童子の座る目の前に置いて行った。

須佐男と月読、水黎は天照を祀ってある神社に向かった。須佐男と水黎は前にも一度訪れたが、天照はまだ目覚めないと、日巫女に追い返されたのだ。

だが、今回は事情が異なるようだった。鳥居を潜り本殿へと向かうと、正面の扉は開かれており、その奥に誰かが鎮座している。本殿の入り口には、日巫女が立っていた。

須佐男達が近づくと一礼して、「天照様が奥でお待ちになっております」と、本殿奥へと進むように促した。

そこには、確かに天照が座っていた。

「太陽の女神」

そう口にしたのは水黎だった。天照は、月読と須佐男を見て、

「まだ目覚める時ではなかったはずなのですが、太陽の活動が急に活発になりました。但し、天にあるあの太陽ではなく、我々には見えない太陽の影響を受けてです。何か嫌な予感がします」

そこで口を開いたのは水黎だった。「私のことを覚えていらっしゃいますか?」と切り出し、都の上空で天照と戦った以降のことを話し始めた。

「私が力を使い果たし、倒れた後にそんなことが……しかし、分からないことが」と天照は続けた。

「一つは、同じ時系列上での違った複数の出来事。複数の過去が一つの未来に繋がっているということ。二つ目に、私が女神になっていること、月読が男神になっていること。三つ目は、朱天童子がどこにいるのか。探しているという人というのは誰なのか。いや……朱天童子は違うのか」

天照は、独り言のように話しているが、そこにいる者すべてが、今までのことを整理しようと、話を聞いていた。

「朱天童子が違うとは……水黎がガブリエルとして、朱天童子と共にこの地上に戻ってきたのは、この夜空を果てしなく超えた先。宇宙の更に外側を超えて出てきた先が朱天童子の身体だったということは、この世界こそが朱天童子なのか？　滅びゆく大日如来宇宙を次世代に進めるのではなく、〝あの時〟まで戻って作り直したのだとしたら、私達とは全く違う存在なのでは？　どういった存在にしろ、答えの出せない、私達には到底理解のできない、この物語には登場するはずのない登場神仏《じんぶつ》なのではないだろうか」

そう言って、それ以上に追及することに無意味だと悟った天照は、

「二つ目の疑問については憶測も混じるが、何かを調整するためなのではないだろうか。月読の言うとおり、私も女神でいることの方が自然だと感じるし……そして、この世を終わらせるたった一人の人間……」

そこまで言いかけた時、月が太陽のように燃え上がり、夜の帷を燃やし尽くしたかのように、昼間の明るさが夜空を支配した。

「来た！」

「ライエルがどうやって、こっちの世界に？」

天照の社から駆け出して、空を見上げると、太陽のように燃える月を背にした、天使の影が見えた。

「須佐男よ、これを取りに来たのでしょう」と天照は、左腕の空間から天叢雲を取り出して須佐男に手渡した。

「頼みましたよ」

それだけを言うと、日巫女にもたれかかるように、神殿の奥に下がって行った。

「私達は、何度同じ世界を繰り返し生きてきたのだろうか」

天照のその声は、他の者達に聞こえたのかは分からなかった。

社の外に出ると、水黎は飛び立ち海の方へと向かった。少しでも水がある方が、自分には有利と考えたのだろう。

それは須佐男にとっても同じであった。天照が炎神と呼ばれたように、須佐男も水神と呼ばれていた鬼神である。

水黎を追うように走り出す須佐男に月読が、「これを持って行きなさい！」と、キラリと光るものを投げてよこした。須佐男は、左手で鏡を受け取ると、走りながら何かと確認した。それは八咫鏡だった。鏡を袖の中にしまい込むと、前を向いて全力で走って行った。月読はもう、ここから先は力になれないことを承知していたので、天照のもとへ戻ることにした。

ライエルは天界で、こちらを見ていた水黎に気が付き、捕まえに向かった。目の前を雷凰が、稲妻の上を滑るように水黎のもとへと向かっている。そこへ手を伸ばし、雷凰を捕まえようとしたが、紙一重で躱される。

水黎の立っている、銀色の大地に手の届きそうになって、その手からブラックホールを放ち、雷凰の下半身と月の一部を吸収した瞬間に、ライエルは天界に取り残された。

水黎が、向こうの世界との繋がりを切ったのだ。

雷凰の血と月のかけらを自らの力として取り込んだライエルは、向こうの世界、つまり地上界を理解した。それでライエルは次元の壁を無理矢理引き裂き、天界から地上界へと姿を表したのだ。

「変わったところだ。何故人間がそんなところに閉じ籠っているのやら」

ライエルはそう言って、地球に近づいてきた。

須佐男と水黎は砂浜に出ると、徐々に向かってくるライエルの影を見上げていた。

「あれが敵でいいんだな？」

その問いに水黎が頷くと、須佐男は天叢雲を取り出して、剣先をライエルに向けた。

「貴様、ここに何をしに来た！」

須佐男の問いにライエルは、

「世界というものを見に」

「それだけか？」

ライエルの情報を水黎から聞いていて、敵であるはずのライエルからは、全くと言っていいほどに殺気がない。だからこそ違和感を覚え、天叢雲の柄を握る手に力がこもっていた。

「私は知りたいのです」

「何？」

「私は、私のいた世界のことしか知らなかった。いや、知っていたとしてもその一部だけだった。ですが、この天使ライエルという肉体を手に入れて知ったのですよ」

ライエルは両手を広げて、天を仰ぎ見ながら話を続ける。

「私は、この肉体を得たことで、すべてを吸収することができるようになった。そしてそれは私の中で知識として蓄積される。とても素晴らしい！　もっと知りたい！　もっと吸収しなくてはいけない！　だから……おまえも、この世界も私の知識として吸収するのだ！」

そこまで話を聞いた時、須佐男は足元が後ろに引っ張られる感じを受けた。そして次の瞬間には、バランスを崩して倒れてしまった。

何が起きたのかは、直ぐに理解できた。ライエルはブラックホールを、須佐男の後ろから気づかれぬように近付けてきたのだ。

そして、須佐男の左足を吸収して消滅した。

急に左足を失いバランスを崩し、尻もちをつくように倒れた須佐男に、ライエルは雷撃を放った。雷撃が落ちた場所は砂浜で水分も多かったが、雷の熱であっと言う間に乾いて砂埃が舞い、須佐男と水黎を見失った。

砂埃が収まるのを待っていたライエルの翼に、水の矢が突き抜けて行った。水の矢は鋭く、ライエルの翼を傷つけたが、そのダメージを全くと言っていいほど気にはならなかった。

しかしライエルは、たとえ僅かにでも傷を負わせられたことに昂揚していた。

「最後には、我が物となるにせよ、少しの努力もなしに手に入れてしまえば、虚しいだけだろう」

と、少し楽しげに呟いた。

「だが、片脚がない状態でどれだけ耐えられるか」

砂埃も収まり、見えた先にいた須佐男は両足で立っていて、天叢雲の剣先をライエルに向けていた。

須佐男は、ライエルのブラックホールで急襲を受け、左足が吸い込まれてしまい、バランスを崩して倒れてしまった。

次に放たれた雷撃は、ライエルが様子を見るためにわざと外したので、舞い上がった砂埃で視界が遮られた。

その隙に、水黎が須佐男に駆け寄り手を貸して次の攻撃に備えるために移動しようと、肩を貸そうとしたが、須佐男の足は何事もなかったかのように、そこに存在していた。

そして、天叢雲を軽く一振りし、水の矢を飛ばして、水黎の背を押し、その場から離れるように言ったのだった。

ライエルは不敵な笑みを浮かべていたが、急に不可思議なものを見たような顔付きに変わった。

「貴様、名は？」

「須佐男」

須佐男という者の名は、私の頭の中にはない。

それにおかしい。ライエルは確かに須佐男の足を吸収したはずだった。

私のこの能力は、吸収したものをすべて理解できるはずだ。今までもそうだった。奴は、両脚で立っている。片足を奪い取ったと勘違いしたのか。そうとしか考えられない。

ライエルは「まぁいい」と言うと、

「すべては我が手に。この星を呑み込み我が物とする！　だが、貴様は気に入らん。死ね！」

と雷撃を放ち、須佐男の頭上と胸部に雷を落とした。

さすがに須佐男も、二方向からの攻撃はかわせず、直撃を受けた。

これを見た水黎は、火傷の心配をして海水を操り、須佐男に掛け冷やした。海水で火傷を冷やすのには、傷口に塩を塗り込むようなものと瞬時に思い、〝水だけ〟を操る冷静さは持っていた。だが、須佐男の丸焦げになった体を見れば、相当なダメージを負っていて、ライエルに対抗できないであろうことも予想していた。

黒く焦げて仁王立ちになっている須佐男に、「そんなものか。他愛のない」と言い、「では、この星をいただこうか」と頭上にブラックホールを作り出し、それを地上に落とそうとしたが、ライエルが須佐男を見ると、首飾りにしていた勾玉が糸状に広がり、須佐男の身体を修復していった。

「命の象徴、八尺の勾玉は私の身体を作り出す鎧」

そして、須佐男は右手に持っていた、天叢雲を振り上げると、その剣気を辿るように水の刃が走り、空中にいたライエルのところまで立ち昇った。

水の刃は、ライエルの片翼を切り落とした。

「力の象徴である、天叢雲は最悪の敵を斬り落とす刃」

ライエルは、天叢雲による攻撃を避けきれず翼を失い、海へと落下した。

「多少の手応えがある程度かと思っていたが、貴様を甘く見ていたようだ。もう手加減はしない。最大の力をもって、貴様を消してくれる」

そう言って、放たれたブラックホールは須佐男の十倍もの大きさで、大気と海水を巻き込みながら須佐男の目の前に、あっという間に近づいてきた。

避けるには既に間に合わない。それどころか、このまま地球を呑み込むほどのエネルギーを感じた。

ライエルは勝ち誇った顔で、この世界がなくなっていくのを観ている。つもりだった。

「そして最後の三種の神器、八咫の鏡は、すべてを映し出し、すべてを反射する」

須佐男の左手には、月読から受け取った鏡を握り、突き出していた。

鏡は、須佐男の拳ほどの大きさだったが、巨大なブラックホールは鏡に吸い込まれるかのように、小さくなり弾き返され、元の大きさになるとライエルを事象の地平線の彼方へ吸い込んでしまった。

ライエルは、吸い込まれる一瞬を、途方もない時間の中にいるように感じながら、

「私の中に、私が入ってくる！」

それは、合わせ鏡の無限の世界に惹き込まれていくような感じだった。

どこまでもどこまでも続く無限の回廊だ。


ライエルの最後を見ていた須佐男と、岩の陰から見ていた水黎には、あっという間の出来事だった。

西の空に傾きかけていた〝燃える月〟の炎は消え、一瞬の闇がやって来たかと思ったが、東の空が薄明るくなり、太陽の日が差してきた。

騒ぎを聞きつけて、遠巻きに見ていた人達が近づき始め、警察も集まり始めた。

水黎は、わざと目立つように飛び去り、須佐男はその隙にそこから離れた。

遠目にだったが、人集りの中に紫苑を見たような気がしたが、一瞬のことだったので確証は得られなかったが、少しばかり気になった。

須佐男と水黎は天照の社に向かった。そこでは月読も待っていた。

「悪魔祓いは終わったようね」

「あぁ、天叢雲を返すよ」

須佐男が天叢雲を、天照に差し出すと、

「それは持っていなさい。代わりに八咫の鏡を私に」

そう言って、鏡を受け取り、社の中に戻って行った。

途中、振り返り、何かを言いたげな顔をしていたが、そのまま社の扉を閉めた。

それを見届けた月読が、「私には、八尺の勾玉を」と言って、やはりその後は無言で、どこかに行ってしまった。

しばらく、夢見心地だったが気がつくと、いつもとは違う目線の高さにいた。いつの間にか座っていたのかと思ったが、両の足は確かに地面に立っている。

はっと、振り向くと後ろにとても背の高い鬼神が立っていた。

「えっ、あれ」

後ろに立っていた鬼神は、須佐男だった。

「今まで縛りつけていて、すまなかった」

須佐男の言葉に、

「そんな！　私、嫌だ」

「私の役目はここまでなのだ。天照も月読もそれを悟ったから立ち去ったのだ」

「でも、私……」

花恋は涙を流し、須佐男の手にしがみついた。

「悲しむ必要などない。両親が待っている。さよならだ。花恋、いや、くしな。私の妻だった人よ。水黎、花恋を頼む」

水黎は何も言わず、二人を見ていた。水黎が花恋の肩に手をかけ、

「行こう」

そう言った時には、須佐男の姿は既になかった。

終章

三貴神が消え、天照を祀った神社の参道に人々の行き来ができてきた。

まだ立ち直ることのできない花恋は、参道脇にあるベンチに座り、気を落とし俯いている。

隣には水黎が寄り添っている。今は目立たないように、翼を隠して服装も花恋の通っている高校の制服姿だ。元気のない花恋に、

「一度、女子高生の格好をしてみたかったんだぁ。数千億歳のオバサンなんだけどね。私も、花恋と一緒に学校に通おうかな」

と、笑いながら話した。

水黎の見た目は、花恋と同じ年かそれよりも幼く見えるくらいなので、別に不自然ではないだろう。

そんなことを言っているところに、目の前で立ち止まる人影が現れた。

「花恋、迎えに来たよ。一緒に帰ろう」

そう言って、手を伸ばしてきたのは紫苑だった。

「貴様、何者か！　花恋に触るな！　ん、貴様、私と会ったことがあるか？」

水黎が花恋の手を掴もうとした紫苑を遮る。

「君はガブリエルかい？」

そう言われて、水黎も気が付いた。

「貴様、アークマスター」

「そう。紆余曲折あって、今はこの身体の人間に生まれ変わった。あっ、だけど今でもアカシックレコードにはアクセスできるよ。花恋が元気ないから、何かいいことが起こるように書いてあげようか？」

紫苑が軽々しく言っている様子を見て、水黎はおかしくて笑い出してしまった。

「何がおかしい」

紫苑が怒るまではいかないが、不機嫌そうに言うと、

「あなた、まだ気が付いていないの？　それは宇宙の化身、大日如来、いわば知的生命体の深層意識集合体のただの記憶。神の日記みたいなものよ。書かれてあったことは、前の宇宙で起きたこと。あなたが書いたことは、ミカエルがそれに従っただけじゃない！　そ

れと、恐怖の大王は単なる偶然」

水黎の言葉に、

「そんなの出鱈目だ、俺はこの力で、花恋の求める世界を作ってやるんだ！」

水黎は呆れたように、「私、大日如来に会ったから分かるもん」と言ったところで、水黎はふと考え込んだ。

私と朱天童子が、宇宙の外側で出会った大日如来。その大日如来の言っていたアーカーシャ。それはアカシックレコードのことであり、今は月読が持っているアカシアの書のこと。それは大日如来の中で起きたことが記録されているものだが……。

でも書き加えたことが本当に起こるのだとしたら……いや、でももうそれは〝終わってしまったこと〟。

それより今は、花恋のことの方が心配だ。

「それより、今は花恋が落ち込んでいるから、静かにしてよ」

水黎が紫苑の言葉を遮り、花恋のことを気遣うように背中に手を当てると、急に周りの雑踏が聞こえてきた。

「ねぇ、ここの神社とっても綺麗じゃない」

「何をお願いしようかな」

「おみくじ引こうよ」

周りはいつの間にか観光で訪れた人で賑やかになっていた。

紫苑が花恋に「一緒に家へ帰ろう」と言って手を取ろうとした時、不自然さを感じた。

周りの人達がまるで映画の一コマ一コマのように、動きがスローになり、言葉が途切れ途切れになっていく。

「御守り買っ……」

「お賽銭ってい……」

「……がいしたの」

やがてその言葉も、徐々に短くなって、

「わ」

「た」

「し」

何かの文章を周りの人達が一音ずつ発音していく。

「の」

「ぞ」

「ん」

「で」

水黎は周りを警戒するとともに、紫苑を睨み付けた。

「貴様の仕業……」

途中で思うように声が出せなくなる。

紫苑は、周りを見てオロオロと焦っているようだ。

(仕掛けているのは、こいつではないのか?)

花恋を庇うように周囲を警戒している中でも、ナニカの言葉は続く。

「か」

「え」

「る」

「の」

「は」

「お」

「ま」

「え」

「じゃ」

「な」

「い」

周囲の人達の会話の一音ずつ発せられた言葉に水黎が、重い空気の中で何とか言葉を発した。

「貴様は何者？　変えるとは？　何が望みなんだ？」

水黎の疑問に対する直接的な返答はなく、まるで自然に発生したノイズかのようにナニカを話し続ける。

紫苑も何か話をしているようだが、ナニカの言葉の一部に該当する音しか聞こえてこない。周りの観光客も普通に会話をしているが、水黎に聞こえてくるのは、ナニカの言葉に当たる音だけだ。

「も」

「う」

「い」

「ら」

「な」

「い」

そんな中、急に一人の人間が話を始めた。

「私が決めればいいの。世界を消してもう一度初めから作ればいいだけ」

その言葉は、水黎の後ろから聞こえてきた。驚き振り返り見た者の名を呟く。

「花恋、あなた……」


酒呑童子は、草薙の太刀を鞘から引き抜いた。鎺《はばき》から先は刀匠が作り直し、継ぎ足したようだ。

「人の技術も大したものだが」と、刀身を摘んで力を込めた。するとあっさり繋ぎ目のところから刀身が折れた。

誰かが、この剣の修復のために付け足したのだろう。目釘を抜いて、柄を振ると茎《なかご》が落ちた。

「やはり、ここに残っていたか」

そう言って拾い上げた手の中に茎が消えてゆく。

その手の主は、酒呑童子の手ではなかった。そして、朱い角を持ったその鬼神は、この世界に初めから存在していなかったかのように消えて行った。

私は世界を創った。

初めはほんの小さな大地と、そこに住む人や動植物。

作るものを考えたのは、勿論私ではない。

彼の者が考えたものを作り、世界を広げていった。


月と太陽、夜空の星々。

銀河、そして果てしなき宇宙。

それとは交わることのない、別宇宙。

私は、言われるがまま作っていっただけだ。

ある時、

「この世界は、失敗だ。創りなおそう」

そう言われれば、すべてを私の手の中で紙を丸めるように握り潰した。

すべてがなくなり、無となった。

そして、また次の世界を創り出す。

創り出すものを考えるのは、彼の者だ。
私は、その者が創りたいものをまた創るだけ。

しかし、気に入らないと、また無に帰す。
何度となく繰り返しているうちに、ふと気が付いた。
消えて行く者達の苦しむ思考が聞こえてくる。
〝死にたくない〟
〝痛い〟
〝消えてしまう〟
〝誰か助けて〟
〝あぁ神様〟
そんな絶望の声。
それを握り潰し、手の中に消えて行く。
私のやっていることは何なのだ。
そう思った時、次の世界を創ったら、もう壊すのは止めよう。
彼の者が決めても、従わず説得してみよう。

そう決めたのだ。

「もうよさないか」

問いかける私にその人間は、「何を言っているのだ?」と首を傾げ、

「僕が生きてゆく世界が必要だろう? 今度は間違いのないように進めればよいだけ」

と、次の考えた世界構想を言い始めた。

もう一度断るために口を開いたが、出た言葉は、

「次が最後だ。これからは何があっても、二度と私が応えることはないだろう」

そして……世界は始まった。

私がこの世界に干渉したため、いや、干渉しようと決めた時から、起こるはずではない事象が発生してしまった。

予言者ミシェル・ノストラ、あなたはあなたが見た予言が正しく進む世界へと還してやろう。

花恋、つらい思いをさせてしまったようだ。家で両親のもと、ゆっくり休むがいい。

隣の家から一人の青年が訪ねてくる。

出迎えたのは花恋だ。

そこに立っていたのは紫苑だったが、その魂が違う者だと気づいた。

櫛名田比売と須佐之男命は再び出会った。

終

あとがき

最後までこの物語を読んでくれたすべての方に感謝致します。

私が初めて書いた小説で、読みにくいところ、理解しにくいところがあったかと思いますが、少しでも私の考えた世界が、皆様に受け入れられたらいいなと思います。


この小説を書こうとしたきっかけですが、高校生の頃に観たアニメの登場人物に朱天童子というキャラクターがいて、とても心に残っていました。彼は初め敵役として登場したのですが、正義の心を取り戻し、最期には仲間のために散っていきました。

そこから、いつか朱天童子という名を主役にした作品を作りたいと三十年くらい思い続けていたのですが、漫画にして表現しようとしても画力もなく挫折していました。でも、どうしても何らかの形で作品を残したいという思いが強く、小説という形で世に出させていただきました。

ということで、本当は朱天童子を主人公として書き始めたのですが、彼を登場させるためのストーリーを書いているうちに、いつのまにかその地位は須佐男になってしまいました。まあ、それはそれでよかったのかもしれません。

（気づいたかもしれませんが、朱天童子が世界を一周する前は須佐之男。その後は須佐男と書いて読みは同じです）


それとこの物語で表現したかったことが、他にも幾つかありました。

まずタイトルについてですが、アカシアという言葉は、「この道」（作詞：北原白秋　作曲：山田耕作）という曲の「この道は、いつか来た道　ああ、そうだよ　あかしやの花が咲いてる」から持ってきました。

この曲を〝聞いた〟時に脳裏に浮かんだのは、アカシアという特別な何かが、どこかへ導いてくれる、という印象でした。

前にもどこかで聞いた曲ではあったのですが、その時歌っていた歌い手の声や表現もあり、アカシア＝アカシックレコードというイメージが私の中に定着してしまいました。

私は、〝あかしやの花〟という言葉から、植物の〝あかしあ〟だと思っていたのですが、この歌詞をよく見ると、あかし〝や〟なのです。あかしあと、あかしやでは違います。

あかしやの意味については、後述しますが、北原白秋は、本当はあかしやについて言いたかったのかも知れないとも思いました。

ですがこの物語には、あえて私の心に浮かんだ「アカシア」を採用いたしました。

アカシックレコードとは、この宇宙のすべての事象が書き記してあるデータベースのことです。

アカシックとは、アーカーシャ（サンスクリット語）が基とのことです。そのアーカーシャの意味は、虚空（何もない空間のこと）です。

そして、アーカーシャを一音ずつ読み上げるとアカシヤとなり、こちらも同様の意味として扱われます。発音はほぼアカシアと同じになります。

私にとってのアカシアは、アカシヤであり、その意味は虚空です。

その虚空という何もない空間には、私の中のイメージでは、何もない空間にこそすべてが詰まっている。そしてそれは一体何なのか？　ということを表現したかったのです。


次に、空想科学になってしまうかもしれませんが、時間の表現です。

漫画やアニメで、時間を止めるといった表現がされることがありますが、時間が止まるとどうなるのかと考えていました。

それで、どうしてもその表現をする時に疑問に思うのが、光と重力です。すべてのものが止まっているはずなので、光も目に飛び込んで来ない。ということは、周囲が見えるはずはない。また、重力も働かないはずなので、歩くのも困難だろうと思ったので、それを表現したかった。

時間の流れを乾電池に繋いだ電球として、極性を入れ替えても（時間を逆流させても）電球は同じように光を放つだけ。そこで事象が戻ることはないという表現で記載しました。

ですがそれに対して、モーターの場合は逆回転するじゃないかとの意見が出るかな、とも考えました。ですが、回転という事象は変わらず、やはり過去には戻らないということと理解していただきたいです。


それともう一つ、私の想像する宇宙観です。

未だ宇宙を、現状の科学では解明できていないことが多々あります。でもそれはおそらく、私の生きているうちには殆ど解明されないでしょう。

そのため、私なりの宇宙論を話す場として、朱天童子にはその案内役になってもらいました。それですべてを超越した役を彼に与えたのです。

この世界では、宇宙は無限の空間です。

現在の物理学では、果てがあると主張するのが主流ですが、おそらく人類の生きているうちは、どちらの主張も完全に証明することは不可能だろうということで、私の考えとして自由に設定させてもらいました。

そして、宇宙を外側から見ることができたら、仏教界で宇宙の化身と言われている大日如来になり、更にマクロの視点で見たら、朱天童子の身体の一部である。永遠に大きくなっていくと、元の場所にループして帰ってくる。宇宙は、私達の身体の中にあるという説を表現してみました。

身体の細胞より小さな単位は原子で、更に素粒子となっていきますが、その先には宇宙や銀河があり、どこまでも最小の単位には行き着くことがないのです。私達は、無限の環の中のほんの一部に過ぎず、それを少し見せてもらっているだけなのだと。

あと、現代科学では私達の観測できるものは5％しかなく、それ以外はよく分からない暗黒物質（ダークマター）とダークエネルギーとして知られています。私の解釈では、世界は100％のものが同じ場所にあるのですが、私達は5％しか観測できない（観測できないものは干渉できない）。その他95％は同じ場所に重なった、違う世界があるということです。

その入口として六道門を使用して隣の世界（レイヤー）があることを表現したつもりです。

他の世界についても、もっとエピソードを詰め込みたかったのですが、とりあえずはここで話を閉じることにしました。

小説として書き始めたのは五年くらい前からでした。文章を書くのが苦手な私ですが、私の考えたものをどうしても残したい。世の中に少しでも私がいたという爪跡を残したい一心で、一日に二行でもいいから書いていこうとして、ようやく世に出すところまで来ました。それまで、書いては修正、また新たなエピソードを追加と、読み返す度に手直しして、最終原稿を上げる間際まで修正してきました。

話の最後に、櫛名田比売《くしなだひめ》と須佐男が再会することも、最終の見直しで書き足したエピソードです。それまでは、救われない最後で終わろうとしていました。

最後の、次の世界の始まりのようなやりとりは、実は今回の物語の世界の始まりのつもりで書いたものです。たぶん、この物語の最後と受けとる人もいたと思います。どちらとってもよいと思いますが、私としては前者のつもりでした。

最後の一節、再会のエピソードについて、追記するように朱天童子が言ってきた気がしました。それを追加することによって、最終的に花恋（くしな）は救われる話として終わりを迎えることができました。

構想で約三十年、執筆を始めて五年かけたこの作品は、我が子のようなものでした。まだまだ手を掛けたいと思うところもあるのですが、とうとう私の手から離れる時が来てしまったようです。

今後この物語は、皆さんの心の中でも成長していくことを期待します。

次の作品への意欲となるので、是非、今後応援していただけるととてもありがたいです。

あと、最後まで回収されていない伏線があるのでは、と思ったところがあったかもしれません。

文章としては残していないですが、視点を変えてみれば辻褄が合うのです。

どの部分とは言いませんが、考えてみて下さい。

最後に、この作品を一言で表現するのに考えたフレーズを残します。

「過去も未来も分け隔てなく、すべての場所、一切の事象は私の中にあるのだ」

著者プロフィール

佐藤 亮一（さとう りょういち）

1972 年生まれ

福島県出身、在住

アカシア

2025年 4 月15日　初版第 1 刷発行

著　者　佐藤 亮一

発行者　瓜谷 綱延

発行所　株式会社文芸社

〒 160-0022　東京都新宿区新宿 1－10－1

電話　03-5369-3060（代表）

03-5369-2299（販売）

印刷所　株式会社エーヴィスシステムズ

ISBN978-4-286-26389-2